De la 6e à la 5e

11-12 ans

Au sommet de la tour Eiffel

Sophie Adriansen
autrice

Illustré par
Théo Calméjane

FSC
www.fsc.org
MIXTE
Papier issu de sources responsables
FSC® C022030

Nathan est un éditeur qui s'engage pour la préservation de son environnement et qui utilise du papier fabriqué à partir de bois provenant de forêts gérées de manière responsable et contrôlée.

Nathan

Présentation

➜ **Je lis un récit d'aventures entrecoupé d'exercices de :**
- français,
- maths,
- histoire,
- sciences et technologie,
- anglais.

➜ **Je résous des exercices**
qui permettent de reconstituer l'histoire.

➜ **Je vérifie ma réponse :**
- elle est juste ➜ j'accède à la suite de l'histoire ;
- elle est fausse ➜ le corrigé me guide pour refaire l'exercice.

➜ **Je consulte le mémo en fin d'ouvrage :**
il m'explique la notion abordée dans l'exercice.

➜ **Je regarde la table des matières (p. 94-95)**
pour connaitre tous les points du programme abordés dans les exercices.

➜ **Je note les indices sur la page 93 :**
un par chapitre, ils prouvent que l'escape game avance et que l'histoire est bien comprise.

Maquette intérieure : J. Lannes – K. Fleury
Composition : Facompo
 - ISBN : 978-2-09-193369-6

Que sais-tu de la tour Eiffel ?

Les débuts de la tour Eiffel

En 1887, un concours est lancé pour construire une tour de 300 mètres de haut en vue de l'Exposition universelle de 1889. Le projet de l'entrepreneur Gustave Eiffel est retenu. La construction démarre le 1er juillet 1887 et s'achève le 31 mars 1889. De nos jours, 7 millions de touristes la visitent chaque année, la plupart venus de l'étranger.

Des chiffres qui donnent le vertige !

La tour Eiffel est haute de 300 mètres. Si l'on compte les antennes, on ajoute 24 mètres à sa hauteur totale. Mais celle-ci peut varier d'une quinzaine de centimètres en fonction de la température de l'air ! Ce qu'on appelle le sommet, le troisième étage de la tour avec ses quatre galeries, est situé à 276 mètres de haut. La Dame de fer pèse 10 100 tonnes, principalement en raison de sa charpente métallique, lourde de 7 300 tonnes. 60 tonnes de peinture la recouvrent.

Une antenne géante

La radiodiffusion est née sur la tour Eiffel : la première liaison de télégraphie sans fil a été réalisée depuis le sommet en 1898 et la première émission de radio a été diffusée depuis un studio installé dans le pilier nord en 1925. Un émetteur de télévision y a été placé en 1935. Les 120 antennes actuelles permettent la diffusion sur Paris et l'Ile-de-France de 41 chaines de télévision et 32 stations radiophoniques.

Jeux de lumière

Chaque soir, la tour Eiffel scintille cinq minutes au début de chaque heure. Cela nécessite l'utilisation de 20 000 ampoules (il en faut la moitié pour l'éclairer en dehors des plages de scintillement). En tout, 80 kilomètres de câbles sont nécessaires pour faire fonctionner l'ensemble des installations de la tour.

Tout un symbole

Inaugurée en 1889 à l'occasion de l'Exposition universelle, la tour Eiffel est l'un des symboles de la révolution industrielle. Mais Gustave Eiffel a participé à la construction de nombreux autres ouvrages, comme la statue de la Liberté, à New York. La tour Eiffel est devenue l'emblème de la France, la statue de la Liberté celui des États-Unis.

Les étapes de sa construction

Seuls au sommet

1 

Le soleil éclatant fait étinceler la tour Eiffel. Madame Lucas a eu le nez creux en choisissant cette journée pour faire découvrir celle qu'on surnomme « la Dame de fer » à ses élèves. Ils se sont amusés à se faire peur au-dessus du sol vitré du premier étage, ils ont admiré la vue depuis les galeries du deuxième étage, et la classe a maintenant atteint le troisième étage – le dernier, le plus petit et le plus vertigineux. La professeure et les deux accompagnateurs laissent les enfants parcourir le niveau à leur guise. À cette altitude, le vent, à peine sensible sur le parvis du monument, souffle très fort. Pour se parler, les visiteurs doivent presque crier.

– Regarde, là-bas, c'est la tour Montparnasse ! affirme une femme en désignant du doigt un gratte-ciel dont la couleur sombre tranche avec les gris plus clairs des toits parisiens.

– Quoi ? répète un homme à côté d'elle. Le vautour prend sa tasse ?

Soudain, diffusé par les hautparleurs répartis çà et là, un message retentit :

– Votre attention, s'il vous plait. Ceci est une annonce de sécurité : la tour doit être évacuée. Veuillez regagner les ascenseurs dans le calme.

Une onde de panique se propage à l'étage. Les touristes se lancent des regards interrogateurs avant de prendre la direction des deux ascenseurs permettant d'accéder au troisième… et d'en partir.

La professeure rassemble comme elle le peut ses élèves disséminés parmi les autres visiteurs.

– On y va ! ordonne-t-elle en invitant le groupe à entrer dans la cabine dont les portes viennent de s'ouvrir.

Les portes se referment et l'ascenseur entame sa descente. Dans la précipitation, madame Lucas ne s'est pas rendu compte que quatre élèves manquaient à l'appel.

À quelques mètres de là, Tom est absorbé dans la contemplation du bureau de Gustave Eiffel, qui a été reconstitué sur la plateforme du sommet et est installé derrière une vitre : le concepteur de la tour et sa fille Claire, représentés en statues de cire, reçoivent l'Américain Thomas Edison, inventeur entre autres du phonographe. Lorsque Tom se retourne, surprise : la plateforme est déserte.

Enfin, presque.

– Nath' ! appelle-t-il en reconnaissant de dos son camarade Nathanaël un peu plus loin. Où sont passés les autres ?

– C'est exactement la question que j'allais te poser, dit Nathanaël en le rejoignant. Regarde, Anna est là-bas !

– Et il y a aussi Padmini ! constate Tom en voyant arriver sa camarade.

Aucun des quatre n'a entendu l'annonce. Mais tous comprennent que le reste de la classe est redescendu. Ils se précipitent aux ascenseurs qui ont l'air d'être bloqués : ils sont seuls au sommet !

La base de la tour est en ébullition. 276 mètres plus bas règne une animation peu commune. La tour a été évacuée, tous les visiteurs sont rassemblés devant le parvis, dans un gigantesque mélange d'allures vestimentaires, d'âges et de nationalités. Les agents de sécurité tentent de canaliser les groupes, de répondre aux questions, et de limiter la panique qui se répand comme une trainée de poudre sur la foule.

– Qu'est-ce qui se passe ? s'inquiète Nathanaël.

Découvrant l'agitation autour de la tour Eiffel, il se laisse gagner par l'affolement : ils sont coincés au sommet, personne ne semble s'en être aperçu, et évidemment, appeler à l'aide ne sert à rien : de cette hauteur, leur voix n'a aucune portée…

Retrouveront-ils la terre ferme en moins de 2 heures ?

Pour le savoir, indique quel chronomètre propose la conversion exacte.

a. **130:00** minutes = 1 h 30 min

b. **85:00** minutes = 1 h 25 min

c. **310:00** minutes = 5 h 31 min

Si tu as choisi a. → Va au n° 6.
Si tu as choisi b. → Va au n° 7.
Si tu as choisi c. → Va au n° 8.

mémo 7

2 

Ce n'est pas la bonne réponse. Reprends les mots un à un et vérifie leur valeur.

→ Recommence l'exercice du n° 7.

3 

Tu t'es trompé(e) ! Il est plus simple de commencer par les mots les plus longs.

→ Retourne à l'exercice du n° 4.

4 

Les enfants n'ont pas hésité longtemps : ils s'engouffrent tous les quatre dans la petite pièce. L'air y est moite.

– Il a dû y avoir un court-circuit ! commente Tom. Bon, il faut qu'on se concentre. S'il avait fallu répondre par un code secret, on aurait été fichus. Là, c'est juste une énigme. C'est à notre portée. En tout cas, à la mienne, ajoute-t-il.

Ses camarades ne relèvent pas. Tom n'a pas besoin de leur rappeler qu'il est premier de leur classe, il le répète dès qu'il en a l'occasion.

– Et si l'on considère que l'inventeur est plus important que son invention ? Que Gustave Eiffel était un grand homme ? propose tout à coup Nathanaël.

– Homme, cinq lettres, intervient Padmini.

– Peut-être, mais regardons bien la pièce pour voir s'il n'y a pas d'autres éléments qui nous guideraient, réplique Tom, agacé de ne pas avoir trouvé ce mot.

Il entreprend d'examiner les statues de cire de Gustave Eiffel et de Thomas Edison. Ils sont vêtus de costumes en laine, pantalons, vestes et gilets. Ils portent des foulards, bordeaux pour l'un et vert pour l'autre, noués à la façon d'un nœud papillon. Mais les poches de leurs costumes sont cousues et Tom tâte les statues sans rien trouver. Il remarque que Gustave Eiffel a les yeux fixés sur Thomas Edison, alors que ce dernier ne le regarde pas. Tom suit son regard qui est braqué sur le phonographe.

– Je suis sûr que le phonographe est la clé de cette énigme… dit-il. Phono, cinq lettres !

– L'appareil n'est pas plus grand que la tour Eiffel, fait remarquer Nathanaël.

– Au sens propre non, mais au figuré ? La musique, le son, ça peut être très grand… déclare Tom. Comme me le rabâche mon père qui est passionné d'opéra : « L'opéra, c'est grandiose, c'est sacré ; rien n'est au-dessus. » Opéra, cinq lettres !

Une voix s'élève :

– Attendez…

Nathanaël, Tom et Anna se tournent vers Padmini qui observe en détail le phonographe, les sourcils froncés.

– C'est bizarre, des mots sont gravés dessus, mais on dirait que quelqu'un en a repassé certains au feutre rouge.

Les trois enfants s'agglutinent autour de Padmini et relèvent six mots en rouge : Bémol, Ut, Rondo, Enharmonie, Allegro, Unisson.

– Et alors ? demande Tom, qui ne comprend pas où Padmini veut en venir.

Il se montre toujours jaloux quand quelqu'un a vu quelque chose que lui n'a pas remarqué.

– Si on ne garde que les initiales de ces termes musicaux, on trouve « BUREAU » !

Padmini s'approche alors du bureau devant lequel sont assis les deux hommes de cire.

Elle a l'intuition que la réponse se trouve là, que la clé de l'énigme est liée, d'une façon ou d'une autre, à ce meuble installé dans le bureau reconstitué. Inutile de le partager avec ses camarades : elle ignore d'où lui vient ce pressentiment.

Padmini trouvera-t-elle l'endroit où se cache un indice ?

Pour trouver à quel endroit précis Padmini doit regarder, raye dans la grille ci-dessous les adverbes et les adjectifs extraits du texte que tu viens de lire. Puis relève les 12 lettres restantes : elles te donneront la réponse.

D	■	B	O	R	D	E	A	U	X
J	A	L	O	U	X	L	A	A	G
U	N	O	S	T	R	E	S	■	R
S	L	N	S	E	C	R	E	T	A
T	A	G	A	C	E	P	E	P	N
E	T	T	C	■	M	L	G	E	D
I	V	E	R	T	O	U	R	T	I
■	R	M	E	O	I	S	A	I	O
I	M	P	O	R	T	A	N	T	S
L	A	S	I	■	E	R	D	E	E

Adverbes
LONGTEMPS
JUSTE
TRÈS
PLUS
LÀ

Adjectifs
GRANDIOSE
BORDEAUX
PETITE
AGACÉ
GRAND
VERT
IMPORTANT
JALOUX
SECRET
SACRÉ
MOITE
LAS

Réponse : _ _ _ _ _   _ _ _   _ _ _ _ _ _ _ _ _ _

Si tu as trouvé APRÈS LE PHONO → Va au n° 3.
Si tu as trouvé DANS LE TIROIR → Va au n° 9.
Si tu as trouvé SOUS LE BUREAU → Va au n° 14.

5

Tu n'as pas bien reporté les points par rapport à l'axe de symétrie, donc les enfants ne vont pas observer la maquette de la tour.

→ Refais l'exercice du n° 9.

6

Tu t'es trompé(e) ! 1 heure équivaut à 60 minutes et 1 minute à 60 secondes.

→ Recommence l'exercice du n° 1.

7

Les enfants devraient quitter le sommet en une heure vingt-cinq. Anna s'approche des grilles pour tenter d'apercevoir quelque chose :

– Il y a peut-être un incendie, suggère-t-elle, mais je ne vois pas de flammes.

Les enfants reniflent de concert.

– Ça ne sent pas le brulé, constate Tom d'une voix prudente.

– Ou une fuite de gaz ? propose encore Anna. Il y a du gaz dans cette tour ? Sinon, une panne d'électricité ?

– Impossible, affirme Nathanaël. La tour n'aurait pas pu être évacuée si c'était une panne. Les ascenseurs sont le seul moyen de descendre du troisième étage et ils fonctionnent à l'**électricité**. Quelqu'un a regardé la météo avant de partir ?

Les trois autres secouent la tête.

– Je ne crois pas qu'il y ait un risque de tempête ou de tremblement de terre, conclut Nathanaël.

En effet, le vent souffle de manière tout à fait normale, et le ciel demeure d'un bleu éclatant, sans le moindre nuage à l'horizon.

– Si ça se trouve, ce n'est rien et tout va rentrer dans l'ordre ! sourit Anna, optimiste.

Padmini se racle alors la gorge. Elle n'a plus prononcé un mot depuis que le groupe a constaté que les ascenseurs étaient **inaccessibles**. Ses camarades y sont habitués : en classe, Padmini ne parle jamais pour ne rien dire. La jeune fille remet derrière son oreille une mèche de ses cheveux bruns, que le vent renvoie aussitôt dans la direction opposée.

– Je pense que c'est juste une alerte pour colis suspect, lâche-t-elle enfin avec fatalisme.

Ses camarades se figent : c'est l'hypothèse la plus probable, car c'est la seule contre laquelle ils n'ont pas d'arguments. Tom et Anna, qui ont des téléphones portables depuis cette année, ont dû les laisser au collège sur ordre de leur professeure ; toute recherche d'actualités sur Internet est donc impossible.

– Nous ne devons pas perdre une seconde. Il faut chercher un moyen de descendre ! décide Tom.

Il regarde attentivement autour des portes des ascenseurs et s'approche d'un petit boitier.

– Ça doit être les commandes, affirme-t-il.

Il en soulève le **clapet**. Un petit écran affiche un message. Les enfants s'approchent pour le déchiffrer : il est écrit « Plus grand que la tour Eiffel mais moins lourd ». En dessous, cinq cases laissent supposer qu'il faut taper un mot de cinq lettres sur le pavé de touches **alphabétiques** qui **jouxte** l'écran.

– C'est le seul moyen d'appeler les **ascenseurs** ? s'écrie Padmini en ouvrant de grands yeux.

– On dirait bien, répond Nathanaël.

Tom se gratte la tête. L'énigme qui barre l'accès aux ascenseurs concerne le monument dont ils sont prisonniers : la réponse doit donc pouvoir se trouver ici.

Il faut trouver la réponse pour espérer pouvoir prendre l'un des ascenseurs ! Mais par où commencer les recherches ?

Pour le savoir, trouve la solution du jeu :

1. Relève les 6 mots en bleu dans le texte que tu viens de lire. et trouve leur valeur d'après les points du jeu du Scrabble®.

A_1	B_3	C_3	D_2	E_1	F_4	G_2
H_4	I_1	J_8	K_5	L_1	M_3	N_1
O_1	P_3	Q_{10}	R_1	S_1	T_1	U_1
V_4	W_4	X_8	Y_4	Z_{10}		

Mot 1 ______________________ = _____ points
Mot 2 ______________________ = _____ points
Mot 3 ______________________ = _____ points
Mot 4 ______________________ = _____ points
Mot 5 ______________________ = _____ points
Mot 6 ______________________ = _____ points

2. Trouve le lieu où vont se rendre les enfants en fonction des indications.

Nombre de points des mots :	19	12	15	10	29	20
Place de la lettre dans le mot :	10	8	6	5	5	3
	↓	↓	↓	↓	↓	↓
Dans le	___	___	___	___	___	___

Si tu as trouvé SOMMET → Va au n° 2.
Si tu as trouvé CAGIBI → Va au n° 11.
Si tu as trouvé BUREAU → Va au n° 12.

8 

Faux ! As-tu converti 60 minutes en 1 heure ? Dans 310 minutes, combien de fois y a-t-il 60 minutes ?

→ Retourne à l'exercice du n° 1.

9 

Doucement, Padmini a ouvert puis refermé le tiroir.

– J'ai trouvé la photo d'une bulle, dit-elle d'une voix calme. Là, dans le tiroir.

– D'une bulle ? répète Tom en s'approchant de Padmini pour ouvrir le tiroir à son tour.

Effectivement, une photo s'y trouve, montrant une bulle de savon volant dans le ciel.

– Cette bulle dans le ciel peut monter plus haut que la tour Eiffel ! Tu penses que c'est la réponse ? « Bulle » a cinq lettres…

– On fait quoi ? demande Anna. On va voir si les mots qu'on a trouvés fonctionnent ?

– Oui ! répond Nathanaël. Il y a urgence !

Le groupe délaisse brusquement le bureau de Gustave Eiffel pour retourner aux ascenseurs.

– Je commence, annonce Tom.

Il fait un pas en direction du boitier et en soulève le clapet. Surprise ! Contrairement à tout à l'heure, l'écran n'affiche plus rien.

– On va rester prisonniers ! s'affole Nathanaël.

Anna s'approche et donne un léger coup de poing au

pavé. Dans son geste, elle presse toutes les touches à la fois.

– Tu es folle ! s'exclame Nathanaël. Tu vas le casser !

– Non, regarde : l'écran s'est rallumé.

C'est la vérité. Tom la bouscule, prend une profonde inspiration et tape les cinq lettres du mot « homme ». Ses camarades et lui se serrent pour voir l'écran. Le mot tout juste apparu clignote, puis disparait. Rien ne se passe.

– Ce n'est pas ça, commente Anna.

– Merci, on avait remarqué, fait Tom en se dépêchant de taper « phono ».

Une nouvelle fois, le mot clignote puis s'efface. Tom enchaine et tape « opéra ». Comme les précédents, le

mot clignote avant de disparaitre, laissant les enfants perplexes… et de plus en plus inquiets.

– Vas-y, Padmini, tape ton mot.

Elle tapote « bulle ». Ses camarades retiennent leur souffle… mais ce mot non plus ne donne rien. Elle y ajoute « savon »… en vain. Nathanaël prend sa place : il tape « métal », puis « étage », et enfin « Paris », chaque fois sans succès. Il se tourne vers Anna et, d'un regard, l'implore de trouver un mot de cinq lettres approprié – pas n'importe quel mot : le bon mot.

Tom, Nathanaël et Padmini ont reculé d'un pas.

– On doit chercher encore, déclare Nathanaël. Et chercher autrement. Il faut qu'on fouille tout l'étage dans ses moindres recoins.

– Justement, coupe Padmini, je pense qu'il faut explorer davantage ce que représente la bulle. La photo n'a pas été placée par hasard. Qu'est-ce que cela peut signifier ?

– La légèreté ? suggère Anna, qui continue à taper des mots : « nuage », « acier », « béton », puis encore « ouest », « boite » et enfin « école ».

Elle s'amuse tant qu'elle en a totalement oublié la menace qui plane sur la tour.

Un changement de sens du vent fait tout à coup parvenir aux oreilles des quatre enfants le bruit d'une sirène. Un camion de pompiers s'est garé sur la chaussée, 276 mètres plus bas. Nathanaël déglutit avec difficulté. Il repense à leurs hypothèses, l'incendie, la fuite de gaz, le tremblement de terre. Dans toutes ces situations, les pompiers interviennent. Ainsi qu'en cas d'alerte pour colis suspect. Évidemment.

– Calme-toi, ordonne Tom en s'apercevant que Nathanaël devient fébrile. On n'arrive à rien lorsqu'on panique. Un cerveau a mis au point cette énigme, nous en avons quatre. On va forcément parvenir à la résoudre !

Nathanaël et Padmini regardent le premier de la classe. Il a sans doute raison, mais pourquoi ne réussissent-ils pas à en être parfaitement convaincus ?

– Moi, j'ai une idée, dit alors Anna, qui a visiblement épuisé son stock de mots de cinq lettres et les a rejoints. Je crois savoir où la bulle peut nous mener !

Ses trois camarades la considèrent pendant quelques secondes afin de s'assurer qu'elle ne plaisante pas ; avec Anna, on ne peut jamais savoir. Puis Tom déclare :

– Vas-y : on t'écoute.

Quel est le nouvel endroit à explorer qu'Anna a trouvé grâce à la bulle ?

Pour le savoir, complète le dessin de la tour Eiffel de façon symétrique. Quelles sont les coordonnées correctes d'un point que tu as placé ?

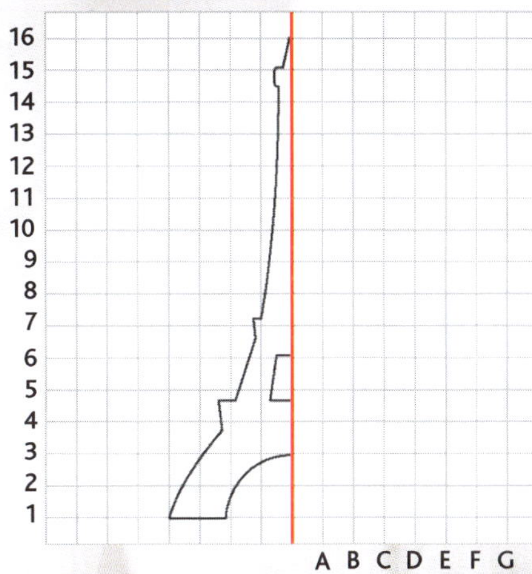

Si tu as placé un point en D2 → Va au n° 5 pour voir si les enfants vont observer la maquette de la tour.

Si tu as placé un point en D1 → Va au n° 15 pour voir si les enfants vont chercher du côté du bar à champagne.

Si tu as placé un point en C5 → Va au n° 13 pour voir si les enfants vont s'intéresser à la maquette de l'installation du manomètre.

Relève l'ordonnée du 12e point en partant du haut.

Écris ta réponse : ☐ **C'est ton PREMIER INDICE.**

N'oublie pas de le reporter page 93.

mémo 9

10

Tu as bien trouvé le O… mais pas les deux autres lettres. Sais-tu que la ville de Sydney se trouve au pays des kangourous ? → Recommence l'exercice du n° 12.

11

Erreur… As-tu comptabilisé toutes les lettres avant de les additionner ? → Retourne à l'exercice du n° 7.

12

Tom réfléchit. Ils se trouvent précisément à l'étage où l'ingénieur Gustave Eiffel avait installé son bureau – ce bureau dont une partie a été reconstituée afin de le présenter au public.

– Suivez-moi ! ordonne Tom.

Et il entraine ses camarades vers la vitre derrière laquelle se tiennent les personnages de cire.

– C'est là que Gustave Eiffel réfléchissait, déclare-t-il de manière assurée. La réponse se trouve forcément dans ses affaires. Dommage qu'on ne puisse pas entrer…

– Que dit l'énigme, déjà ? se demande Nathanaël à voix haute. « Plus grand que la tour Eiffel » ? Je connais une construction plus haute, moi.

Il s'est approché et a placé ses deux mains autour de son visage pour ne pas être perturbé par les reflets du soleil sur la vitre du bureau. Au mur, il a aperçu une gravure représentant un pont.

– Laquelle ? l'interrogent ses trois camarades d'une seule voix.

– Le viaduc de Millau. Je passe dessus en voiture tous les étés quand nous allons en vacances chez ma mamie des Cévennes…

– Mais c'est un pont ! l'arrête Tom. Je te rappelle que la suite de la phrase, c'est « mais moins lourd » : « Plus grand que la tour Eiffel mais moins lourd ». Il n'y a aucune chance que ton viaduc soit moins lourd que cette tour.

– Parce que le mont Blanc aussi est plus grand que la tour Eiffel, ajoute Anna. Et plein d'autres montagnes. Mais elles sont toutes hyper lourdes !

– C'est bon, j'ai compris, grogne Nathanaël, vexé.

Il continue de penser que proportionnellement, ce viaduc qu'il emprunte chaque été, avec ses 2,5 kilomètres de longueur, est moins lourd que la Dame de fer. Mais il ne veut pas risquer qu'on se moque de lui une seconde fois. Il n'ajoutera rien sur ce point. Il fait un rapide calcul : s'il tape des lettres au hasard sur le pavé du boitier, il lui faudra un temps fou, il y a des milliers de possibilités. Sa mère, adepte des mots croisés, lui a dit plusieurs fois qu'il existait 79 mots de cinq lettres anacycliques, c'est-à-dire qu'on peut lire dans les deux sens. Le nombre total de mots qui peuvent correspondre est infini. Mieux vaut ne pas se fier aux statistiques et chercher directement le bon.

Anna colle son nez à la vitre du bureau. L'industriel n'avait pas choisi l'endroit au hasard : il s'était réservé la meilleure vue sur Paris pour travailler et recevoir ses visiteurs ! Padmini, elle, observe l'intérieur de la pièce reconstituée : des meubles d'époque – bureau, guéridons, chaises, fauteuils à franges –, des tapisseries murales et un tapis bariolés, une lampe ancienne, un livre ouvert à la page d'une gravure, d'autres gravures encadrées sous verre. Entre les statues de Gustave Eiffel et de Thomas Edison est posé le fameux phonographe, le tout premier appareil permettant de reproduire du son et des œuvres musicales, créé par l'inventeur américain en 1877.

Soudain un déclic se fait entendre. La porte s'est ouverte ! Anna la pousse et regarde ses camarades.

– On y va ? demande-t-elle.

Obtiendront-ils dans ce bureau un indice pour trouver la solution de l'énigme ?

Pour le découvrir, écris pour chaque monument le nom du pays dont il est l'emblème. Puis trouve le mot que forment les lettres dans les cases rouges.

Machu Picchu, la cité perdue des Incas

□□□□□

Grande Pyramide de Gizeh

□□□□□□

La Grande Muraille

□□□□□

Opéra de Sydney

□□□□□□□□□

Taj Mahal

□□□□

Big Ben

□□□□□□□-□□□

Colisée

□□□□□□

Si tu as trouvé OUI → Va au n° 4.
Si tu as trouvé NON → Va au n° 10.

13 

Ce n'est pas la bonne réponse. As-tu bien reporté les distances de l'autre côté de l'axe de symétrie ? En tout cas, les enfants ne vont pas aller voir la maquette de l'installation du manomètre.

→ Retourne à l'exercice du n° 9.

14 

Faux ! As-tu bien relevé les lettres dans l'ordre ?

→ Recommence l'exercice du n° 4.

15 

Bravo ! → Rends-toi au chapitre 2 pour suivre les héros du côté du bar à champagne.

2

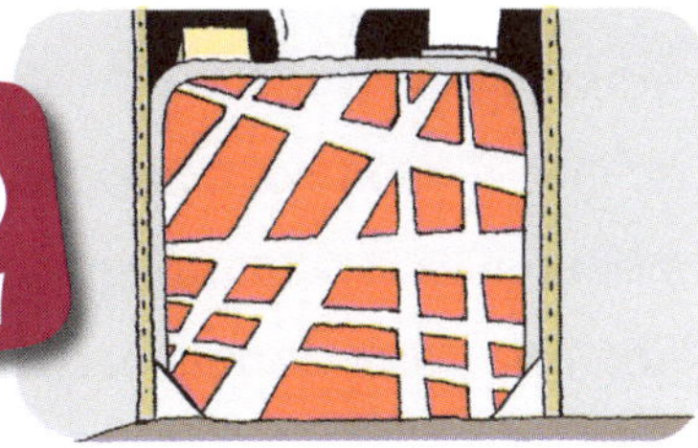

Un étage à explorer

1

Tous les regards sont tournés vers Anna.

– Ma mère dit toujours que ce qu'elle aime dans le champagne, ce sont les bulles… Or, il y a justement un bar à champagne à cet étage !

Du menton, elle désigne l'une des galeries.

– Allons voir ! ordonne Tom en s'avançant.

Ses trois camarades le suivent. En guise de bar, ils trouvent la même façade grise et métallique qu'ailleurs. S'il n'y avait pas d'enseigne, on pourrait croire que cette portion de la galerie ne présente aucun intérêt pour les visiteurs. Mais il y a l'enseigne, justement : l'inscription « Bar à champagne » s'affiche en lettres capitales de couleur orange. Anna, Padmini, Nathanaël et Tom considèrent les trois mots comme s'ils pouvaient prendre une signification nouvelle.

– Les lettres doivent s'éclairer lorsqu'il fait nuit, fait finalement remarquer Tom.

Sous l'enseigne, à droite et à gauche, deux vitrines renferment des bouteilles de champagne et la carte des prix. Entre les deux, une porte dont la partie supérieure est percée d'une vitre de la même taille que chacune des vitrines. Anna s'en approche. La poignée joue :

– C'est ouvert ! s'écrie-t-elle en se tournant vers ses camarades tout en avançant. Aïe !

Impossible d'aller plus loin : le bar n'est qu'un simple comptoir fixé juste derrière la porte… et dans lequel Anna vient de foncer.

– C'est minuscule ! commente Tom.

– Et on dirait qu'il n'y a rien à manger… constate Nathanaël.

Quand Anna a prononcé le mot « bar », il s'est dit qu'il pourrait peut-être trouver un pain au chocolat ou quelque chose de ce genre. L'angoisse lui tord l'estomac, et il n'y a qu'en grignotant un morceau qu'il pourra se calmer. Il songe soudain à ce qu'il a dans son sac : et s'il restait des gaufrettes à la noisette dans la petite poche ? Ni une ni deux, il l'ouvre… Hourra ! Un sachet de deux gaufrettes ! Nathanaël les engloutit en trois bouchées. Il se sent déjà mieux. Anna, elle, se frotte le genou. Elle devine qu'un beau bleu est en train de se former sous le tissu de son pantalon.

– Qu'est-ce que tu veux qu'on trouve ici ? s'impatiente Tom. On ne peut même pas entrer !

Pour lui, cet endroit est une fausse bonne idée, qui va juste leur faire perdre du temps…

– Ce n'est pas parce qu'on ne peut pas entrer qu'on ne peut pas trouver la réponse à l'énigme… rétorque cependant Anna en fixant intensément les bouteilles alignées derrière le comptoir.

Anna va-t-elle repérer un indice dans cet alignement de bouteilles ?

Pour découvrir ce qui va attirer l'attention des quatre camarades, il y a 8 lettres à trouver : nomme d'abord les différents composants de l'appareil digestif de l'homme puis fie-toi au nombre apparaissant à gauche des cadres : il te donne la place de la lettre dans le mot ou le groupe de mots.

- pancréas
- anus
- foie
- estomac
- bouche
- œsophage
- gros intestin
- glandes salivaires
- intestin grêle

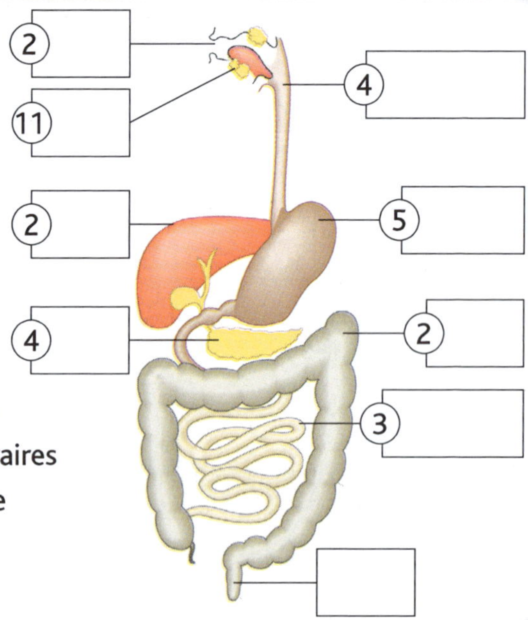

Réponse : _ _ _ _ _ _ _ _

Si tu as trouvé COMPTOIR → Va au n° 12.

Si tu as trouvé ÉTAGÈRES → Va au n° 11.

Si tu as trouvé ENSEIGNE → Va au n° 13.

mémo 13

2

Ce n'est pas la bonne réponse. Entre deux droites perpendiculaires, l'angle doit être de 90°.

→ Refais l'exercice du n° 12.

3

Non ! Utilise ta règle et ton équerre, sans oublier d'être précis(e). → Recommence l'exercice du n° 12.

4

Faux ! N'as-tu pas confondu 2e personne du singulier et 2e personne du pluriel ? → Refais l'exercice du n° 5.

5

– Des flutes ! s'écrie Anna en bondissant tel un diable hors de sa boite.

Et elle brandit plusieurs étranges cônes en plastique.

– Les coupes pour le champagne ont un pied, fait remarquer Tom. Celles-là, si on les pose, elles tombent ! Ça doit servir à autre chose…

– Non, Anna a raison, intervient tout à coup Padmini.

Elle prend si peu souvent la parole que les trois autres se taisent instantanément.

– Les flutes sont placées dans les trous du plateau, reprend-elle. Il y a une photo dans la vitrine.

Nathanaël et Tom font deux pas de côté. En effet, une photo montre un serveur, vêtu d'un costume et portant une cravate, en train de verser du champagne dans une flute tandis que d'autres, déjà pleines, attendent bien droites dans les trous qui leur servent de support.

– On pourrait jouer aux dames, plaisante Nathanaël avant de ravaler son sourire en voyant le regard noir que Tom lui lance.

– Oh, et regardez ça ! s'écrie encore Anna.

Elle brandit un nouveau carton. Celui-ci contient d'autres flutes… qui s'éclairent d'une lueur rouge lorsqu'on les prend en main.

– Génial, j'adore ! commente Anna.

– On n'est pas là pour ça, déclare Tom froidement.

Sa phrase est ponctuée par un *pin pon* caractéristique. En bas, le camion de pompiers a de nouveau activé sa sirène. Repart-il ? À moins qu'il ne s'agisse d'un deuxième véhicule identique qui aurait rejoint le premier ? Tous repensent instantanément à la menace qui plane sur la tour : la présence d'un colis suspect. L'hypothèse la plus probable, puisque depuis tout à l'heure ils n'ont constaté aucun signe ni d'incendie, ni de fuite de gaz, ni de tremblement de terre.

– Bon, en tout cas, « flute » est un mot de cinq lettres, note Tom.

– Tu vois ! Je le savais, se félicite Anna.

– … ce qui ne veut pas dire que c'est le bon mot, poursuit Tom. Peut-on dire qu'une flute est « plus grande que la tour Eiffel mais moins lourde » ?

– En tout cas, ces flutes ont la forme d'une tour Eiffel à l'envers, constate Nathanaël.

À côté de lui, Padmini se racle la gorge :

– Si ce sont des flutes, pourquoi est-ce qu'ils appellent ça des coupes ? fait-elle observer en pointant du doigt le tableau affichant le prix des consommations.

Celui-ci distingue les « coupes classiques » des « coupes lumineuses », plus chères.

– Je n'en sais rien, répond Tom. Mais « coupe » est aussi un mot de cinq lettres… Peut-être que le champagne a une symbolique cachée. Après tout, c'est l'un des symboles de la France, tout comme la tour Eiffel.

Nathanaël se lance alors :

– Anna, demande-t-il, peux-tu regarder s'il n'y a pas quelque chose qui s'ouvre derrière toi ? Une porte, un passage, un monte-plats…

Anna s'exécute. Elle commence par coller son nez à l'étagère orange sur laquelle sont alignées les bouteilles de champagne.

– Oh ! s'exclame-t-elle.

L'étagère vient de bouger. Sous la pression d'Anna, elle pivote…

Qu'y a-t-il derrière l'étagère à champagne ?

Pour le découvrir, remplis cette grille de mots croisés en conjuguant chacun des verbes ci-dessous au présent de l'impératif, à la personne demandée. Remets les lettres des cases orange dans le bon ordre afin qu'elles te donnent le nom de ce qui se trouve derrière l'étagère pivotante.

1. BONDIR
   2e personne du pluriel
2. PLAISANTER
   1re personne du pluriel
3. BRANDIR
   1re personne du pluriel
4. NOTER
   2e personne du pluriel
5. REMARQUER
   2e personne du singulier
6. CONSTATER
   2e personne du singulier
7. OBSERVER
   2e personne du pluriel

Derrière l'étagère, c'est le/la _ _ _ _ _ _ _ _

Si tu as trouvé PASSAGE → Va au n° 4.
Si tu as trouvé PORTAIL → Va au n° 14.
Si tu as trouvé RÉSERVE → Va au n° 8.

mémo 1

6

Tu t'es trompé(e) ! Vérifie le nombre de cases indiqué avant d'avancer.

→ Refais l'exercice du n° 8.

7

N'aurais-tu pas confondu le sens des aiguilles d'une montre et le sens contraire des aiguilles d'une montre ?

→ Retourne à l'exercice du n° 8.

8

Nathanaël, Tom et Padmini retiennent leur souffle. Que va révéler l'étagère ? Un passage secret, comme l'espère Nathanaël ? La réponse à l'énigme, comme le souhaitent les autres ?

– C'est la réserve, annonce Anna en interrompant son geste.

En effet, derrière elle, ses camarades aperçoivent des lots de flutes encore dans leur emballage en plastique, des bouteilles supplémentaires ainsi que quelques papiers froissés. Quelle déception !

Aucun intérêt : Anna repousse donc l'étagère pour qu'elle retrouve sa position initiale. Un peu trop brusquement : les bouteilles se mettent à tanguer…

– Anna, écarte-toi ! s'écrie Padmini.

Anna a juste le temps de sauter par-dessus le comptoir : une à une, les bouteilles qui étaient alignées vacillent et

se cassent en atteignant le sol. Malgré le souffle constant du vent, le bruit est fracassant.

– Tu l'as échappé belle ! commente Nathanaël en constatant le désastre.

– Tu l'as dit ! confirme Anna en se relevant.

Elle se frotte le coude gauche.

– Je vais rentrer à la maison avec des bleus partout ! rigole-t-elle. Mes parents vont se demander si c'est vraiment à la tour Eiffel que j'ai passé la journée…

– Pour rentrer à la maison, il faudrait déjà qu'on parvienne à quitter cet étage… objecte Tom froidement.

Anna récupère son sac à dos, posé contre la façade en métal, et le remet sur ses épaules. À quelques centimètres d'elle, Nathanaël, penché sur le comptoir, déclare :

– Si ça se trouve, le champagne va passer entre les dalles du sol et goutter sur le parvis, en bas… Et comme ça, quelqu'un s'apercevra de notre présence…

– On va voir ! déclare Anna.

Les filles s'avancent sur la galerie et tentent d'observer le bas de la tour, mais elles ne parviennent à distinguer que le trottoir.

– Vous avez remarqué le papier collé sur la caisse enregistreuse ? fait alors observer Padmini. On dirait un labyrinthe…

Ses camarades le contemplent un instant. Anna, n'y trouvant aucun sens, se penche de nouveau par-dessus le comptoir afin d'attraper une flute.

– Je la garde en souvenir ! annonce-t-elle en la glissant dans son sac.

– Et comme preuve de ta culpabilité ! note Tom. Si quelqu'un enquête afin de savoir qui a cassé toutes ces bouteilles, cette flute sera la pièce à conviction idéale. Enfin, soupire-t-il, pour ça, il faut déjà qu'on parvienne…

– … à quitter cet étage, termine Nathanaël tandis qu'Anna replace la flute où elle l'a prise. Bon alors, ce labyrinthe, il nous donne un indice ou pas ?

Le motif sur le papier constitue-t-il une piste à suivre ?

Pour le savoir, suis les étapes pour trouver la bonne sortie du labyrinthe qui est représenté sur le papier. Chaque sortie est associée à un homonyme de « tour ».

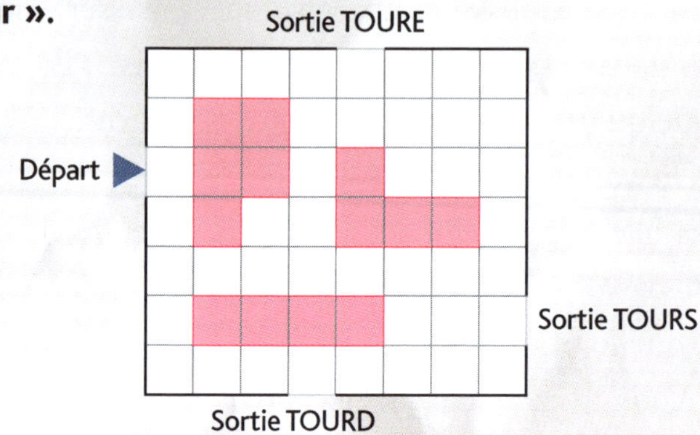

Étapes :

1. Avance d'une case.
2. Tourne à 90° dans le sens des aiguilles d'une montre.
3. Avance de deux cases.
4. Tourne à 90° dans le sens contraire des aiguilles d'une montre.
5. Avance de cinq cases.
6. Tourne à 90° dans le sens des aiguilles d'une montre.
7. Avance d'une case.
8. Tourne à 90° dans le sens contraire des aiguilles d'une montre.
9. Avance de trois cases.

Je toure → tourer : préparer une pâte feuilletée ou renverser (à la lutte).

Un tourd → poisson que l'on trouve en Méditerranée.

Des tours → constructions cylindriques en hauteur (féminin) ou mouvements circulaires (masculin).

Si tu es sorti(e) à TOURE → Va au n° 6.
Si tu es sorti(e) à TOURD → Va au n° 7.
Si tu es sorti(e) à TOURS → Va au n° 16.

9

Il faut classer les taux de change dans l'ordre décroissant et non croissant. → Retourne à l'exercice du n° 16.

10

Bravo ! → Rends-toi au chapitre 3 pour découvrir si le manomètre va livrer des indices.

11

Faux ! Place d'abord les noms les plus évidents avant de compléter le schéma de l'appareil digestif. Aide-toi du mémo. → Refais l'exercice du n° 1.

12

De l'autre côté du comptoir, un présentoir orange est garni de bouteilles absolument identiques. Anna fait le compte : il y a trois étagères, et huit bouteilles posées sur chacune. Elle pense à voix haute :

– Ça me rappelle un jeu auquel je jouais quand j'étais petite. Il fallait bouger des symboles semblables pour former une lettre, un chiffre ou un autre symbole…

– Mais ça ne va jamais nous donner un mot de cinq lettres ! fait remarquer Tom, dont l'impatience est en train de tourner à l'agacement. Attends : là, il y a quelque chose d'intéressant !

Il s'est approché et observe le comptoir du bar. Il s'agit d'un plateau percé de trous encore plus parfaitement alignés que les bouteilles : cinq rangées de cinq trous chacune.

– Soit vingt-cinq trous au total, compte Tom dans sa tête.

Que cache ce support ?

Pendant ce temps, Nathanaël, ragaillardi par les deux gaufrettes qu'il a avalées, recule d'un pas. Ce bar est au centre de la tour. Il se peut que les bouteilles y arrivent au moyen d'un ascenseur, un de ceux qu'ils ont pris tout à l'heure avec leur classe… mais il se peut aussi que les bouteilles montent grâce à un autre système. Nathanaël a déjà vu des ascenseurs spéciaux dans les restaurants, des ascenseurs réservés aux plats. Trop étroits pour contenir un homme ou une femme, mais assez grands pour y placer un plateau de fromage, une pile d'assiettes ou… un enfant. Et si le moyen le plus simple de s'échapper de la tour n'était pas de résoudre l'énigme, mais de filer en se faisant tout petit ? Il faut qu'ils passent de l'autre côté du comptoir pour vérifier, voilà la conclusion à laquelle arrive Nathanaël.

Il s'apprête à la partager à voix haute avec Padmini, qui a elle aussi reculé pour mieux observer les deux vitrines, de part et d'autre de la porte, lorsque Tom s'exclame :

– On perd trop de temps ! Il faut que l'un de nous entre voir dans le bar. Qui veut passer par-dessus le comptoir ?

– Moi ! s'écrie aussitôt Anna.

Tom soupire. Comme c'est Anna qui a eu l'idée de chercher de ce côté, il n'a guère le choix :

– Ok, mais alors dépêche-toi.

Anna se débarrasse rapidement de son sac à dos. Nathanaël aide sa camarade à se hisser sur le plateau, fixé plus haut que son nombril. Mais il se montre un peu trop brusque… et Anna disparait de l'autre côté.

– Aïe ! gémit-elle une nouvelle fois.

– Ça va ? s'inquiètent Padmini et Nathanaël d'une même voix.

Anna se relève en se frottant le coude droit.

– Ça va…

Elle regarde tout autour d'elle avec des yeux de hibou effarouché.

– Tiens, ça alors, c'est étonnant ! s'exclame-t-elle tout à coup.

– Quoi ? demande Tom. Qu'est-ce que tu as vu ?

Sans prendre la peine de lui répondre, Anna se penche et disparait sous le plateau percé.

Qu'est-ce qu'Anna vient de trouver sous le comptoir ?

Pour le savoir, suis les consignes.

1. Sur le plateau, trace une droite reliant le point A au point R.
2. Trace ensuite une deuxième droite parallèle à la première et passant par le point T. Par quel autre point passe-t-elle ? Note cette lettre.
3. Trace enfin une troisième droite perpendiculaire à la deuxième et passant par la lettre B. Note la deuxième lettre qu'elle croise.

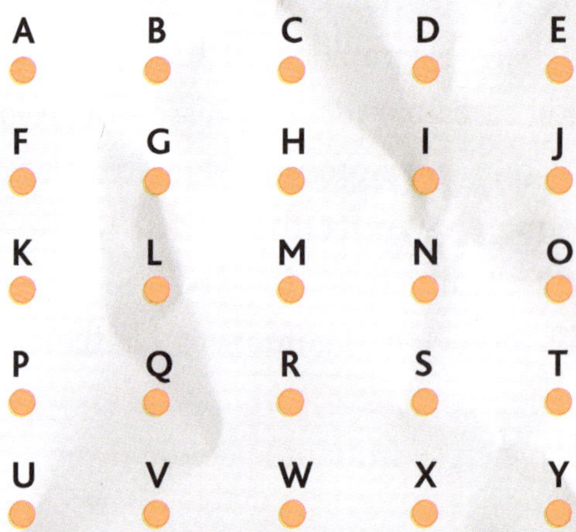

Les deux lettres correspondent aux initiales d'un objet (et de son synonyme) qu'Anna trouve derrière le comptoir.

Si tu as trouvé L et I → Va au n° 2.
Si tu as trouvé C et F → Va au n° 5.
Si tu as trouvé K et H → Va au n° 3.

mémo 8

13

Tu n'as pas bien placé les éléments de l'appareil digestif. Observe attentivement le schéma en t'aidant du mémo si besoin.

→ Retourne à l'exercice du n° 1.

14

Ce n'est pas la bonne réponse. Aide-toi du mémo.

→ Retourne à l'exercice du n° 5.

15

Mauvaise réponse ! Pour obtenir le prix d'une flute en euro, divise les prix par 15. → Refais l'exercice du n° 16.

16

– Ce n'est pas un vrai labyrinthe, affirme Tom. Et on le sait, qu'on est coincés sur la tour ! Y avait pas besoin de mettre le pluriel pour nous le rappeler. Il vaut mieux qu'on aille tester les nouveaux mots qu'on a.

Ouvrant la marche, il prend la direction des ascenseurs, ses camarades à sa suite.

Comme un peu plus tôt, l'écran est muet. Cette fois, c'est Tom qui reproduit le geste d'Anna et donne un léger coup de poing au pavé. Mais rien ne change.

– Anna ! Tu as fait quoi tout à l'heure pour rallumer l'écran ?

– Il faut que tu appuies sur toutes les touches à la fois, explique celle-ci.

Tom s'empresse de le faire. L'écran reprend vie. Le meneur inspire et tape les cinq lettres du premier mot.

– F, L, U, T, E, épelle-t-il en même temps.

Hélas, le mot clignote… et disparait. Comme s'il s'y attendait, Tom enchaine : « coupe », « cônes », et même « trous ». Groupés derrière lui, ses camarades se laissent à chaque fois gagner par l'espoir… avant de lâcher des soupirs de plus en plus lourds en constatant que les mots ne fonctionnent pas.

Tandis que Tom donne un coup de pied dans le vide, Nathanaël perçoit du mouvement un peu plus loin. Trois mouettes viennent de se poser sur les grilles, du côté du bar à champagne. Il repère ce qui les a attirées : il a laissé quelques miettes de gaufrettes à la noisette tomber au sol. L'une des mouettes se faufile à travers le grillage et vient picorer. Les deux autres ne bougent pas.

Nathanaël observe la scène. Ces drôles d'oiseaux sont donc capables de voler à près de 300 mètres d'altitude ! La mouette picore rapidement toutes les miettes puis fait demi-tour. D'un bond, elle rejoint le grillage et en un mouvement de plus, elle est de l'autre côté. Les trois volatiles s'envolent dans de grands battements d'ailes.

Ne reste de leur passage qu'une plume, qui voltige avant de s'échouer à l'endroit où se trouvaient peu avant les miettes. Nathanaël songe que Gustave Eiffel a dû lui aussi utiliser une plume lorsqu'il travaillait dans son bureau. Et si c'était une piste ? Et si cette plume était arrivée près de lui comme un indice l'invitant à lever la

tête vers le ciel afin de regarder encore plus haut ?

Tom se tourne vers ses camarades :

– Quelqu'un a autre chose ? Padmini ?

Celle-ci secoue la tête. C'est Nathanaël qui s'avance. Il tapote « plume ». « Bonne idée », pense Padmini. Mais ce mot disparait comme les autres, laissant l'écran aussi muet que les mimes qui divertissent les touristes 276 mètres plus bas, sur le parvis. Enfin, qui les divertissaient avant l'évacuation de la tour et la panique générale.

– C'est pas possible ! râle Tom en donnant un nouveau coup de pied dans le vide. C'est quoi, ce fichu mot, à la fin ? C'est Einstein qui a conçu cette énigme ?

– Einstein avait environ 10 ans quand la tour Eiffel a été construite, fait remarquer Nathanaël.

– Je sais ! claque Tom.

En réalité il l'ignorait, mais pas question d'admettre qu'il en sait moins qu'un camarade, quel que soit le sujet.

– On poursuit les recherches, annonce alors Nathanaël. Il y a des coins de l'étage qu'on n'a pas encore explorés. Venez !

Où Nathanaël a-t-il l'idée d'aller à présent ?

Pour connaitre la suite, fais le jeu suivant :
Juste avant l'ordre d'évacuer la tour, des touristes se pressaient devant le bar à champagne. Parmi eux, Rebecca (Royaume-Uni), Mariama (Sénégal), Nonoko (Japon), Ethan (États-Unis) et Mauro (Argentine) ont bu une flute de champagne à 15 euros.

1. Complète le tableau du bas pour obtenir le taux de change des différentes monnaies.
2. Classe le nom des touristes dans l'ordre décroissant, selon la valeur du prix d'une flute dans leur monnaie respective.
3. Les lettres dans les cases rouges te révèleront un indice.

Dépense des touristes :	
Mauro	650 pesos argentins
Ethan	14,69 dollars
Nonoko	1 599 yens
Rebecca	11,57 livres sterling
Mariama	8 515 francs CFA

Prénoms :
Touriste 1 : ☐☐______
Touriste 2 : ☐☐______
Touriste 3 : ☐______
Touriste 4 : ☐☐______
Touriste 5 : ☐☐______

1 euro	______ pesos argentins	
	______ dollars	
	______ yens	
	______ livres sterling	
	______ francs CFA	

1 flute
15 €

Si tu as trouvé REMONTERA → Va n° 9.
Si tu as trouvé MANOMÈTRE → Va au n° 10.
Si tu as trouvé MONTRERA → Va au n° 15.

Relève le premier chiffre après la virgule dans le taux de change en dollar.

Écris ta réponse : ☐ C'est ton DEUXIÈME INDICE.
N'oublie pas de le reporter page 93.

mémo 5

3

Une énigme insoluble

1

– Où est-ce qu’on va ? interroge Tom.

Plus les minutes passent, plus il peine à croire que la résolution de l’énigme est à leur portée. Mais Nathanaël, lui, est persuadé qu’ils n’ont pas encore tout exploré. Cet étage présente notamment deux maquettes : celle du sommet de la tour en 1889, année de l’Exposition universelle pour laquelle elle a été construite ; et celle de la pose du manomètre à air libre. Encore au-dessus se trouvent les installations techniques de radio et télédiffusion : le haut de la tour est hérissé d’antennes et autres paraboles. Il repère même plusieurs paratonnerres, comme des balais dressés vers le soleil. Tout à coup lui reviennent en mémoire les paroles de madame Lucas, sa professeure d’histoire-géographie, à propos des règles de sécurité :

– On dénombre quatre paratonnerres au sommet de la tour et huit autres répartis autour du troisième étage.

Ils sont régulièrement frappés par la foudre, raison pour laquelle le troisième étage est fermé en cas d'orage.

De nouveau, Nathanaël regarde le ciel. Il est toujours bleu et sans nuage, mais qui sait si une alerte météo n'a pas été lancée en urgence ? Si le temps ne va pas brusquement changer, et un orage griffer la tour… avant de les carboniser sur place ?

Le garçon reprend ses esprits :

– À la maquette du namo… pardon, du manomètre, répond-il à Tom.

– C'est quoi ? interroge Anna.

Nathanaël mène ses camarades à une petite vitrine dans laquelle un personnage à échelle réduite, vêtu entièrement de bleu, du costume au chapeau, est assis sur l'un des piliers de la tour. Il semble en train de fixer un tube métallique à la verticale du pilier avec sa main gauche – ce fameux manomètre qui, d'après les indications, servait à mesurer les hautes pressions des gaz ou des liquides. De sa main droite, il tient contre son oreille un récepteur qu'un câble relie à un boitier posé entre ses jambes.

– Dès la fin de la construction de la tour, Gustave Eiffel a décidé d'utiliser celle-ci pour des expériences scientifiques, rappelle Nathanaël. Grâce à cet usage, la tour n'a pas été détruite comme c'était prévu.

Tom grimace : madame Lucas le leur a expliqué en cours, puis il l'a oublié.

– À mon avis, la réponse à l'énigme est symbolique, poursuit Nathanaël. Toutes ces avancées scientifiques sont plus grandes que la construction en elle-même !

Tom se souvient à présent avoir appris qu'à l'époque de Gustave Eiffel, un laboratoire était installé dans l'un des piliers – le pilier ouest. Il enrage de ne pas y avoir pensé plus tôt.

– Quels mots ça pourrait donner ? se demande-t-il à voix haute. Radio ? Câble ? Ouest ?

– Je crois que j'ai trouvé mieux ! s'écrie soudain Nathanaël.

Quelle idée a eu Nathanaël ?

Pour le savoir, résous ce problème : un orage éclate à 3 km de la tour Eiffel. Sachant que le tonnerre se déplace à la vitesse du son (340 m/s), combien de temps s'écoule-t-il avant que les enfants l'entendent ? La réponse te donnera la couleur de ce à quoi vont s'intéresser nos héros.

113,3 secondes | **8,8** secondes | **88** secondes

Si tu as trouvé JAUNE → Va au n° 6.
Si tu as trouvé ROUGE → Va au n° 8.
Si tu as trouvé BLEU → Va au n° 7.

mémo 6

2

Mauvaise réponse ! As-tu bien converti le mot avec le code C = A ? → Refais l'exercice du n° 8.

3

Tu as trouvé certaines lettres… mais pas toutes. Le mot recherché vient du latin *radius*, qui signifie « rayon »…
→ Recommence l'exercice du n° 12.

4

Plusieurs de tes réponses sont fausses. Relis les infos documentaires qui figurent pages 3 et 4.
→ Recommence ensuite l'exercice du n° 5.

5

Il s'est écoulé pas loin de dix minutes depuis qu'Anna et Padmini ont disparu de leur champ de vision. Dix minutes que Nathanaël a passées à tourner en rond tout en se demandant quel coin encore inexploré de l'étage pourrait leur révéler un indice pour résoudre cette énigme ; dix minutes que Tom a passées à faire des allers-retours jusqu'aux ascenseurs, dans l'espoir de trouver quelque part un bouton permettant de contourner l'énigme. Car il a d'abord tapé « radio », « câble » et « ouest », les trois mots auxquels il a pensé devant la maquette du manomètre, sans succès. Il a ensuite tapé « bisou », sans trop y croire et en se gardant bien de prévenir son camarade, et ce mot non plus n'a rien donné.

Les pas de Nathanaël l'ont imperceptiblement mené à proximité des toilettes. Près de la porte, un nouveau panneau attire son attention. Celui-ci donne des informations sur l'histoire de la radiodiffusion, née sur cette antenne géante que constitue la tour Eiffel : la première liaison de télégraphie sans fil a été réalisée depuis le sommet en 1898, la première émission de radio a été diffusée depuis un studio installé dans le pilier

nord en 1925, un émetteur de télévision y a été placé en 1935… « Les 120 antennes actuelles permettent la diffusion sur Paris et l'Ile-de-France de 41 chaines de télévision et 32 stations radiophoniques », lit-il encore sous l'image correspondant à l'an 2000.

Toutes ces ondes qui partent de la tour ne sont-elles pas plus grandes que tout ? Nathanaël note mentalement ce mot supplémentaire : « ondes ». Quant à « radio », Tom l'a annoncé quelques minutes plus tôt. La même idée dans deux circonstances différentes, c'est peut-être le signe que la piste est bonne…

Mais il y a plus urgent : vérifier que tout va bien pour les filles. Car leur absence dure, et le garçon ne trouve pas cela normal.

– Ça fait longtemps qu'elles sont parties, non ? fait remarquer Nathanaël lorsque Tom réapparait près de lui.

– Carrément. Je leur avais pourtant dit qu'il ne fallait pas perdre trop de temps.

– Tu ne penses pas qu'il a pu leur arriver quelque chose ?

Le ton de Nathanaël trahit son inquiétude.

– Quoi, aux toilettes ? demande Tom.

– Oui, répond Nathanaël. Par exemple, qu'elles n'arrivent plus à ouvrir la porte et soient coincées…

– … Ou alors, elles ont trouvé un indice pour résoudre l'énigme ! le coupe Tom. Mais oui, tu as raison. Viens, on y va !

Qu'est-ce qui retient Anna et Padmini aux toilettes ?

Pour le savoir, colorie les cases correspondant aux bonnes réponses. Tu peux t'aider des pages 3 et 4.

Nombre d'ampoules nécessaires pour éclairer la tour le soir	1 000	5 000	10 000	50 000
Nombre d'ampoules nécessaires pour faire scintiller la tour le soir	2 000	10 000	20 000	30 000
Nombre de minutes de scintillement de la tour le soir, au début de chaque heure	1	2	5	7
Nombre de kilomètres de câbles pour l'ensemble des installations de la tour	40	60	80	100
Poids de la tour (en tonnes)	1 000	5 000	10 100	50 000
Poids de la charpente métallique de la tour (en tonnes)	730	4 200	7 300	42 000
Hauteur de la tour, antennes incluses (en mètres)	276	300	324	385
Poids de la peinture (en tonnes)	10	30	60	100

Si les cases coloriées forment un L comme LARMES → Va au n° 4.

Si les cases coloriées forment un C comme COLLISION → Va au n° 10.

Si les cases coloriées forment un I comme INCIDENT → Va au n° 16.

6 

Tu t'es trompé(e). Il faut diviser la distance à laquelle se trouve l'orage par la vitesse du son.

→ Recommence l'exercice du n° 1.

7 

Mauvaise réponse ! As-tu bien converti la distance en mètres avant de faire ton opération ?

→ Retourne à l'exercice du n° 1.

8 

Tom, Anna et Padmini rejoignent Nathanaël qui se tient à présent devant une autre vitrine, plus grande que la précédente. Derrière celle-ci se trouve la maquette, haute d'un peu moins d'un mètre, du sommet de la tour Eiffel tel qu'il était en 1889.

– Vous avez remarqué ? note Nathanaël. La tour n'était pas grise mais rouge, à l'époque.

– Et le sommet n'a pas du tout la même forme que maintenant, ajoute Anna.

La maquette présente en effet un sommet formé de deux arches entrecroisées qui soutiennent trois plateformes de taille décroissante. La dernière plateforme est ornée d'un drapeau tricolore supporté par sa hampe. La reproduction à échelle réduite montre également que la tour est un empilement de caissons, des cubes vides dont les côtés sont faits de poutrelles métalliques.

– L'étage était plus grand avant ! constate Anna.

– Pas vraiment, observe Nathanaël. C'est juste qu'il y a plus de choses au milieu, c'est pourquoi les galeries autour sont moins larges.

– Et donc, intervient Tom qui bouillonne, qu'est-ce que tu pensais avoir vu sur cette maquette ?

– Je pense que si la réponse à l'énigme est symbolique, il faut prendre du recul par rapport à la tour ! Et pour ça, une maquette est idéale.

La voix de Padmini s'élève alors :

– Prendre du recul… ou au contraire regarder ce qui est juste sous notre nez.

– Pourquoi dis-tu ça ? demande Tom, qui accorde toujours beaucoup de crédit à ce que suggère sa camarade.

Du doigt, Padmini pointe la vitrine qui enferme la maquette. Sur la vitre, un autocollant a été collé. « Place to kiss », indique-t-il. Les collégiens n'ont aucun mal à imaginer les touristes posant devant la maquette le temps d'un selfie avec leur appareil photo ou leur téléphone portable. Mais Tom fronce les sourcils :

– Eh bien quoi ? Tu vois un indice quelque part ? « Place » a cinq lettres mais ça n'a aucun sens par rapport à l'énigme.

– Je suis bien d'accord avec toi, confirme Padmini. En revanche, « kiss »…

– « Kiss » n'a que quatre lettres ! s'énerve Tom en donnant un nouveau coup de pied dans le vide.

Il se demande s'il ne devrait pas revoir son jugement sur Padmini.

– En français, poursuit celle-ci, « kiss » signifie…

– « Bisou ! » s'écrie Anna. Cinq lettres ! Bisou, bisou, bisou…

Et elle se met à sautiller en mimant du bout des lèvres des baisers exagérés. Tom échappe de peu à un bisou incontrôlé. Anna l'agace ! Et elle a failli lui marcher sur le pied.

La piste de Padmini est-elle si intéressante que cela ?

Pour savoir sur quelle autre piste les enfants vont se pencher, remplis la grille avec le nom en anglais des pays des derniers touristes qui se sont embrassés devant la maquette. Relève les six lettres figurant dans les cases jaunes puis convertis-les en utilisant le code C = A, D = B, etc., afin de former un mot.

1. Adams is Canadian
2. Emily is English
3. Monica is Italian
4. Martin is French
5. Moira is Scottish
6. Cadell is Welsh

Lettres jaunes : _ _ _ _ _ _

Si C = A : _ _ _ _ _ _

Dans l'ordre : _ _ _ _ _ _

Si tu as trouvé SOMMET → Va au n° 13.

Si tu as trouvé ARCHES → Va au n° 2.

Si tu as trouvé PLAQUE → Va au n° 12.

mémo 12

9

Faux. As-tu bien formé le contraire des adjectifs ?

→ Refais l'exercice du n° **16**.

10

Tu as fait plusieurs erreurs. La lecture des infos documentaires en début d'ouvrage peut t'être d'une grande aide !

→ Après ta lecture, retourne à l'exercice du n° **5**.

11

Tu as trouvé certaines lettres… mais pas toutes. Le mot recherché peut désigner un appareil… dont la plupart des foyers sont équipés.

→ Retourne à l'exercice du n° **12**.

12

– « Bisou » est intéressant, admet Tom. On le garde de côté pour quand on retournera aux ascenseurs, d'accord ?

Anna approuve, plutôt fière d'elle.

Padmini en profite pour faire quelques pas de côté. Elle a repéré autre chose.

La collégienne se plonge dans l'observation de la plaque de commémoration de la Libération de Paris fixée devant elle et apposée, d'après ce qui est inscrit, à côté du blason des sapeurs-pompiers de la ville de Paris, en aout 1944. Cette année, en cours d'histoire,

ses camarades et elle ont reparlé de la Seconde Guerre mondiale, qu'ils ont étudiée l'an dernier en classe. En prévision de la sortie à la tour Eiffel, madame Lucas leur avait raconté l'anecdote : le 25 aout 1944, en pleine libération de la capitale occupée par les Allemands, cinq sapeurs-pompiers ont hissé sur la tour un drapeau tricolore fabriqué avec trois draps grossièrement cousus ensemble. Sarniguet, Duriaux, Noël, Rouard, Conversy, Taillefer… aucun des noms des pompiers ni de leur capitaine n'évoque quoi que ce soit à Padmini.

Depuis qu'elle a trouvé cette photo dans le bureau de Gustave Eiffel, elle pense pourtant que la réponse à l'énigme pourrait bien être écrite quelque part ici. Mais où ? Sous quelle forme ? Et qui sait si elle n'est pas codée ?

– Je ne tiens plus, annonce soudain Anna.

Elle ne cesse de sautiller sur place depuis tout à l'heure.

– Nous non plus, si tu veux savoir, rétorque Tom. Personne n'est content d'être dans cette situation.

Faute de nouvel indice, Padmini rejoint ses camarades.

– Non, c'est pas ça… objecte Anna en sautillant de plus belle. Il faudrait absolument que j'aille aux toilettes.

– Il y en a juste là, dit alors Padmini, qu'on n'avait pas entendue depuis un moment.

Postée à l'angle, elle montre du doigt un panneau orné du symbole facilement reconnaissable et compréhensible par les touristes du monde entier : un homme d'un côté et une femme de l'autre. Le visage d'Anna s'éclaire.

– Tu veux que je t'accompagne ? ajoute Padmini.

Anna accepte la proposition :

– Je veux bien, merci.

Tom se met à grogner.

– Dépêchez-vous ! Il ne faut pas perdre trop de temps… râle-t-il.

Anna hausse les épaules et les deux filles s'éloignent sous les regards des garçons.

Pendant ce temps-là, les garçons vont-ils trouver une autre piste ?

Pour le découvrir, devine quel sujet va intéresser les enfants grâce au texte ci-dessous :

> Je suis un préfixe d'origine latine, couramment utilisé comme abréviation pour désigner une forme de communication. Je désigne tout aussi bien un récepteur qu'une station… ou encore une technique en médecine.

Pour t'aider, mon initiale est la même que celle d'un pompier de la liste, et chacune de mes lettres se trouve dans un des noms des pompiers.

Rouard – Duriaux – Noël – Conversy – Taillefer

Réponse : _ _ _ _ _

Si tu as trouvé SONDE → Va au n° 3.

Si tu as trouvé GARDE → Va au n° 11.

Si tu as trouvé RADIO → Va au n° 5.

mémo 2

13 

Faux. Commence par trouver le nom du pays correspondant à chaque nationalité avant de compléter la grille.

→ Refais l'exercice du n° 8.

14

Tu t'es trompé(e) dans les fractions où le dénominateur est 4.

→ Retourne à l'exercice du n° 16.

15

Bravo ! → Rends-toi au chapitre 4 pour connaitre la fin de l'histoire.

16

Postés devant la porte portant le symbole représentant une femme, Tom et Nathanaël demandent d'une voix forte :

– Tout va bien ?

– Presque ! répond Padmini.

Les filles sont juste de l'autre côté. Nathanaël est soulagé :

– On avait peur que vous soyez coincées, ou quelque chose comme ça…

– En fait, je *suis* coincée, annonce Anna. Venez voir.

Tom et Nathanaël poussent la porte et voient Anna qui, du menton, désigne ses mains : celles-ci sont prises dans le distributeur de papier automatique fixé au mur. Padmini essaie de débloquer l'enrouleur afin de libérer Anna sans lui faire de mal.

Les garçons s'approchent et tentent de réparer le distributeur. Tout à coup, on entend un déclic qui fait sursauter Anna.

– Je suis décoincée ! constate-t-elle alors.

La machine a en effet libéré ses mains.

– Et vous avez remarqué ? frime-t-elle. Dans « mains », il y a cinq lettres !

– Et alors ? rétorque Tom. Ça n'a absolument rien à voir avec l'énigme.

Mais il faut bien que cette petite visite dans ces toilettes haut perchées serve à quelque chose. Tom est même convaincu que ce n'est pas seulement le hasard, ni le besoin pressant d'Anna, qui les y a menés…

– Allez, on retourne aux ascenseurs ! décide-t-il.

Il est pressé de taper le mot « mains ».

– C'est moi qui essaie « bisou » ! déclare Anna en arrivant devant le boitier.

Elle le réactive.

– D'accord, mais alors dépêche, fait Tom en haussant les sourcils.

Il n'ose pas révéler qu'il a déjà testé le mot. Celui-ci, naturellement, ne donne rien. Tom pousse quasiment Anna pour prendre sa place et tapoter le mot « mains », qui s'efface presque aussitôt après s'être affiché.

– À moi ! dit alors Nathanaël.

Et il tapote les lettres du mot « ondes ». Pour rien. Il enchaine avec les mots « rouge », « arche », « hampe », « cubes » et « côtés » : tous ont cinq lettres et lui reviennent à l'esprit tandis qu'il visualise la maquette du sommet.

Il fait à chaque fois chou blanc. Comment est-ce possible ?

Il jette un regard interrogateur à Padmini, mais celle-ci n'a cette fois aucun mot à tapoter sur le petit clavier.

– Tu n'essaies pas « radio » ? demande alors Nathanaël à Tom.

– Bof, je n'y crois plus tellement, répond le premier de la classe. Vas-y, toi.

Nathanaël s'exécute. Hélas, ainsi que l'ont fait tous les précédents, ce mot-ci clignote avant de disparaitre, comme l'espoir des quatre collégiens. Enfin, de trois d'entre eux, puisque Tom savait déjà que « radio » ne fonctionnerait pas.

Les collégiens vont-ils s'avouer vaincus ?

Pour découvrir où l'aventure va ensuite les conduire, suis les consignes :

1. Forme les antonymes des adjectifs en utilisant les préfixes *a-*, *il-*, *im-*, *in-*, *ir-* et *mal-* :

............juste	............possible	............certain	............lisible
............voyant	............réel	............normal	............habile

2. À l'aide des antonymes ainsi formés, complète les fractions suivantes :

$\frac{\dots\dots}{8}$ des antonymes commence(nt) par le préfixe *a-*

$\frac{\dots\dots}{4}$ des antonymes commence(nt) par le préfixe *in-*

$\frac{\dots\dots}{8}$ des antonymes commence(nt) par la lettre *i-*

$\frac{2}{\dots\dots}$ des antonymes commence(nt) par le préfixe *mal-*

2, 2, 4 et 8	1, 2, 5 et 4	1, 1, 5 et 8

Tourne la page…

mémo 2 mémo 4

Si les chiffres trouvés sont associés au PIGEON
→ Va au n° 9.
Si les chiffres trouvés sont associés à l'ÉCHELLE
→ Va au n° 14.
Si les chiffres trouvés sont associés à la LONGUE-VUE
→ Va au n° 15.

Relève le dénominateur commun à la plupart des fractions.

Écris ta réponse : ☐

C'est ton TROISIÈME INDICE.

N'oublie pas de le reporter page 93.

Regarder au loin

1 

Les enfants sont dépités : ils ont fouillé l'étage dans ses moindres recoins, ont mobilisé toute leur énergie pour trouver la réponse à l'énigme qui empêche d'accéder aux ascenseurs, pourtant ils sont toujours au même point ; c'est-à-dire prisonniers de la tour, tandis que le reste de leur classe est en bas – et, a priori, en sécurité.

Le découragement s'installe.

Padmini s'approche d'une des grilles et elle laisse son regard voguer au loin. Un grillage épais, dont les larges mailles permettent d'observer la vue ou d'approcher l'objectif de son appareil photo, surmonte les garde-corps. Il en est ainsi sur chacune des quatre galeries de l'étage. Ils sont bel et bien prisonniers, puisqu'ils sont enfermés dans cette sorte de cage destinée à les protéger des chutes et autres accidents.

Ce qui n'empêche pas le spectacle d'être stupéfiant : de cette altitude, par un temps comme celui d'aujourd'hui, on peut voir à plus de quatre-vingts kilomètres à la ronde. Depuis tout à l'heure, Padmini a eu l'occasion de repérer certains monuments parisiens qui se démarquent par leur hauteur : l'arc de Triomphe, la basilique du Sacré-Cœur, la tour Montparnasse… Elle aimerait être un oiseau pour voir tout cela de plus près. Ou alors, disposer d'un téléobjectif… Mais les parents de Padmini n'ont même pas voulu qu'elle emporte l'appareil photo numérique qu'elle a reçu en cadeau pour son anniversaire.

– S'il tombe de là-haut, ce sont des confettis d'appareil photo qu'il te restera, a dit son père.

Évidemment ! Mais Padmini prend soin de ses affaires, et elle n'aurait certainement pas laissé tomber l'appareil. Madame Lucas et les accompagnateurs du groupe ont pris des photos, mais ce n'est jamais la même chose que lorsqu'on choisit soi-même un angle de vue, un cadre… Quant au téléphone dont disposent certains élèves de la classe, notamment Anna et Tom, il n'en est pas question pour elle : sa sœur, qui sera au lycée à la rentrée prochaine, n'en possède un que depuis cette année. Mais pour cette sortie, les téléphones ont de toute façon été ramassés par madame Lucas : pas de photos… ni de possibilité d'appeler à l'aide.

Padmini se laisse gagner par la frustration d'être dans ce lieu exceptionnel sans pouvoir en garder de souvenirs photographiques personnels.

La mine renfrognée, elle glisse les poings dans les poches de son jean. Tiens, elle avait oublié qu'il s'y trouvait encore quelques pièces de monnaie.

Cela fait soudain tilt dans sa tête. De la monnaie ! Des pièces ! Et elle aimerait disposer d'un téléobjectif… Mais il y a ici des longues-vues sur pied ! Et avec ces pièces, elle a de quoi les faire fonctionner !

Padmini s'approche de la première d'entre elles. Elle monte sur la marche à laquelle est fixée la longue-vue et glisse une pièce dans la fente. Ça ne lui donnera pas la solution de l'énigme mais, au moins, cela ajoutera de l'exceptionnel aux images avec lesquelles elle repartira, songe Padmini.

Padmini a-t-elle perdu tout espoir de résoudre l'énigme des ascenseurs ?

Pour le savoir, fais l'exercice suivant et découvre ce que les enfants vont ensuite observer.

1. Relie, avec une règle, chacun évènement à sa date.
2. Observe ensuite les droites que tu as tracées et les angles ainsi formés.
3. Consulte le tableau pour obtenir le mot-réponse.

Naissance de l'écriture •	• 105
Guerre du Péloponnèse •	• 313
Fondation de Rome •	• 431 – 404 av. J.-C.
Édit de Milan •	• 753 av. J.-C.
Invention du papier •	• 3 500 av. J.-C.

Nombre d'angle(s) droit(s)		Nombre de droites parallèles	
0	1	2	3
AB	PA	RIS	RVIS

Si tu as trouvé ABRIS → Va au n° 5.

Si tu as trouvé PARIS → Va au n° 10.

Si tu as trouvé PARVIS → Va au n° 11.

mémo 11

2

Erreur ! Te souviens-tu que pour calculer l'aire d'un triangle, on multiplie la base par la hauteur avant de diviser le résultat par deux ? → Refais l'exercice du n° 10.

3

Faux ! Le langage familier est surtout employé à l'oral. → Refais l'exercice du n° 4.

4 

Hélas pour eux, aucun des mots trouvés en observant Paris et ses alentours avec les longues-vues ne débloque les ascenseurs. Comme dans un mauvais rêve, l'écran clignote avant que le mot ne disparaisse, augmentant le désespoir collectif à chaque fois.

– Pourquoi se limiter à Paris, ou même à la France ? se demande Padmini.

Elle s'est mise à réfléchir plutôt que de se laisser abattre, faisant un gros effort pour se souvenir de ce qu'a expliqué madame Lucas quand ils ont préparé cette sortie en classe. Elle a bien retenu que lorsqu'elle a été érigée pour l'Exposition universelle, la tour Eiffel était la plus haute tour du monde. Mais plus d'un siècle s'est écoulé depuis, les techniques de construction ont évolué, et d'autres tours s'élèvent désormais à des hauteurs bien supérieures.

– Pourquoi est-ce que la réponse serait forcément un monument de Paris ? demande alors Nathanaël, comme s'il lisait dans ses pensées. Ça peut tout à fait être ailleurs en France…

– … ou ailleurs dans le monde ! ajoute Anna.

Padmini acquiesce d'un signe de tête. Anna frétille sur place. Elle vient de penser à quelque chose. Elle a vu récemment à la télévision un reportage sur Las Vegas, la ville de tous les casinos. Une reproduction de la tour Eiffel y est installée, devant l'entrée d'un hôtel de luxe. C'est juste un décor, pas une construction sur laquelle on peut monter. Mais est-elle aussi haute ? Si oui, elle est forcément moins lourde. Est-ce la bonne piste ? Le mot « Vegas » compte justement cinq lettres…

– Il y a des répliques de la tour en Chine, au Japon, aux États-Unis et dans les pays de l'Est, affirme quant à lui Tom, qui n'a pas perdu de temps pour rebondir. Je crois que la tour Eiffel est le monument le plus connu et le plus imité du monde.

– À Lyon, près de Notre-Dame de Fourvière, il y a une tour métallique qui ressemble au troisième étage de la tour Eiffel, se souvient alors Nathanaël, dont les grands-parents sont lyonnais.

– Si c'est seulement le troisième étage, elle n'est pas aussi haute… objecte Tom.

– Justement : elle est située sur une colline, et c'est le plus haut point de la ville, précise Nathanaël. Donc si ça se trouve, elle est plus grande… mais moins lourde.

Tom et les filles ne semblent pas convaincus. Peu importe : Nathanaël note d'essayer le mot « Picon », le surnom que plusieurs amis de ses grands-parents donnent à cette tour. Dans « Picon », il y a cinq lettres…

– Aux Émirats arabes unis, il y a une tour de plus de huit-cents mètres ! affirme encore Tom. Mais comment savoir combien elle pèse ?

Il a vu des photos de cette tour de deux-cents étages surmontée d'un observatoire. Mais elle est pleine, tandis que la tour Eiffel est une structure métallique au travers de laquelle on peut voir. Difficile de faire plus léger qu'une tour creuse !

– Bon, mais ça ne nous donne rien d'utile…

Il n'a pas terminé sa phrase qu'une nouvelle sirène retentit. Aussitôt, Anna et Nathanaël, sans se consulter, bondissent vers les ascenseurs. Chacun d'eux est certain de détenir la bonne réponse avec le mot qu'il a trouvé sans oser le prononcer à voix haute, et la sirène renforce l'urgence de la situation…

« Vegas » ? « Picon » ? L'un des deux mots est-il la réponse à l'énigme ?

Pour le savoir, associe chacune des phrases ci-dessous au niveau de langue qui lui correspond. Le langage que tu obtiendras en majorité te dira qui est sur le point de résoudre l'énigme.

1. Veuillez regagner les ascenseurs dans le calme. •
2. Mieux vaut ne pas se fier aux statistiques. •
3. T'es folle ! Tu vas le casser ! •
4. Nathanaël, ragaillardi par les deux gaufrettes qu'il a avalées, recule d'un pas. •
5. T'as fait quoi tout à l'heure pour rallumer l'écran ? •
6. On dénombre quatre paratonnerres au sommet de la tour. •
7. Ça peut tout à fait être ailleurs en France... •
8. Les pas de Nathanaël l'ont imperceptiblement mené à proximité des toilettes. •
9. À Lyon, il y a une tour métallique qui ressemble au troisième étage. •

• LANGAGE FAMILIER
• LANGAGE COURANT
• LANGAGE SOUTENU

Familier	Courant	Soutenu
NATHANAËL	ANNA	PADMINI

Si tu as trouvé NATHANAËL → Va au n° 3.
Si tu as trouvé ANNA → Va au n° 8.
Si tu as trouvé PADMINI → Va au n° 7.

mémo 3

5

Faux. Un angle droit est un angle à 90°. Si tu n'en vois pas, c'est que tu t'es trompé(e) en associant un ou plusieurs évènements à la date qui correspond.

→ Refais l'exercice du n° **1**.

6

Ce n'est pas la bonne réponse. Un dernier effort ! Vérifie ton calcul, et reprends dans l'ordre les lettres de l'alphabet.

→ Retourne à l'exercice du n° **7**.

7

Ni le « Vegas » d'Anna, ni le « Picon » de Nathanaël n'a fonctionné, comme le constate Tom, qui les a suivis jusqu'au boitier avec le pavé alphabétique.

276 mètres plus bas, une deuxième sirène s'est jointe à la première. Bientôt, une troisième retentit.

– Est-ce que tu crois que… commence Anna.

– Chut ! la coupe Tom.

Il essaie de déterminer si les véhicules d'urgence arrivent sur le parvis de la tour ou s'ils en partent. Il penche pour la seconde option et s'approche d'une des grilles pour tenter d'apercevoir quelque chose.

– Si les camions de pompiers repartent, c'est que l'incident est terminé, suggère Tom comme pour s'en convaincre.

– Oui mais alors, les ascenseurs devraient redémarrer, et là il ne se passe rien, fait remarquer Anna.

– Ou bien… c'est que même les pompiers ne peuvent pas rester, parce qu'une catastrophe est imminente ! intervient Nathanaël.

Cela fait à présent plus d'une heure qu'ils sont prisonniers du troisième étage de la tour Eiffel. Tom, Anna et Nathanaël sont découragés : ils ont exploré tout ce qu'ils pouvaient explorer, et essayé tous les mots qui leur venaient à l'esprit. Ils n'ont plus d'idée.

Et Tom n'est pas loin d'en vouloir aux autres de ne pas avoir réussi à trouver la solution à l'énigme. Il y a pourtant Padmini dans l'équipe ! Qui est réfléchie et appliquée, et qui pourrait parfaitement résoudre une énigme comme celle-là.

Tom tourne la tête vers sa camarade. Padmini se tient à l'écart des trois autres, toujours debout près de sa longue-vue. Dans sa poche, elle a encore une pièce. C'est la dernière. Elle pourrait la garder pour autre chose, mais elle se sent irrésistiblement attirée par la longue-vue. Hop, elle remonte sur le marchepied et glisse la pièce dans la fente. Quel bonheur de se promener dans les rues de Paris vues de si haut ! Padmini se sent dans la peau d'une géante chaussée de bottes de sept lieues. Elle s'attarde sur les bords de Seine… Tiens, voilà que quelque chose de sombre s'invite dans le paysage. Padmini s'étonne, avant de réaliser qu'il s'agit simplement de l'ombre de la tour

Eiffel, qui commence à s'étirer sur la ville. C'est que le temps passe…

Padmini déglutit.

L'énoncé de l'énigme s'impose dans son esprit. Plus grand que la tour Eiffel… et bien moins lourd. Et pourquoi pas plus grande et bien moins lourde. Voire… de forme identique.

– Je l'ai ! s'exclame Padmini pour la deuxième fois.

Mais ses camarades, toujours regroupés près des ascenseurs, ne lui prêtent aucune attention. Ils ne l'ont pas entendue. Même Tom a cessé de regarder dans sa direction.

Padmini descend de la marche et court vers eux.

– Je l'ai ! répète-t-elle avec certitude. Venez avec moi, il faut l'essayer tout de suite !

Padmini a-t-elle trouvé la solution de l'énigme ?

Relis les informations documentaires pages 3 et 4 pour trouver les 3 premières lettres du mot-solution :

1. La 1re lettre est placée dans l'alphabet au rang correspondant à la somme des trois chiffres de la hauteur, en mètres, du troisième étage de la tour.
2. La 2e lettre est celle par laquelle commence le mois d'achèvement de la construction de la tour.
3. Sans la 3e lettre, les 80 kilomètres de câbles ne seraient que 80 kilomètres de cales.

1re lettre : ___

2e lettre : ___

3e lettre : ___

Solution de l'énigme : □□□□□

Si tu as trouvé ICONE → Va au n° 6.

Si tu as trouvé OMBRE → Va au n° 13.

Si tu as trouvé SIGNE → Va au n° 12.

8 

Tu t'es trompé(e). Ne confonds-tu pas langage courant et langage soutenu ?

→ Recommence l'exercice du n° 4.

9

Ce n'est pas la bonne réponse. As-tu pensé à déduire une case lors du calcul de l'aire du monument violet ?

→ Recommence l'exercice du n° **10**.

10

Tom a vu Padmini monter sur le marchepied de métal et plaquer son œil contre la longue-vue. Ne supportant pas que quiconque ait accès à quelque chose et pas lui, il la rejoint.

– Tu regardes quoi ? Tu arrives à voir ce qui se passe en bas ? demande-t-il.

– Non, répond Padmini, concentrée.

– Laisse-moi regarder, ordonne son camarade.

Sans décoller son œil de la longue-vue, Padmini plonge une main dans la poche de son jean et en sort une pièce. Elle tend le bras en arrière afin que Tom s'en saisisse.

– Tu n'as qu'à prendre une autre longue-vue.

– Garde ta pièce, j'ai ce qu'il faut, répond Tom. Mais je croyais qu'on avait un problème urgent à régler…

Padmini range la pièce dans sa poche.

– Qui a dit que la solution de l'énigme devait forcément se trouver sur la tour ? rétorque-t-elle.

Elle n'a toujours pas bougé d'un pouce.

Tom réfléchit rapidement. Bien sûr ! Voilà pourquoi aucun des mots qu'ils ont trouvés n'a fonctionné. Ils n'ont pensé qu'à la tour en elle-même et aux symboles qu'elle incarne, alors que la réponse se trouve peut-être aux alentours.

– Nathanaël, Anna ! appelle-t-il.

Les deux concernés, penchés à quelques mètres de là, tentent de comprendre ce qui se passe sur le trottoir, en bas ; la foule y est toujours massée, compacte. Ils se redressent et rejoignent Tom.

– Vous avez de l'argent ?

Anna et Nathanaël secouent la tête.

– Tenez, voilà de la monnaie, dit Tom en attrapant ce qu'il faut dans la poche arrière de son sac à dos.

Et il tend une pièce à l'un et l'autre de ses camarades.

– Choisissez chacun une longue-vue, ordonne-t-il. Padmini est ici, moi je vais là-bas, indique-t-il en désignant une autre longue-vue un peu plus loin, allez tous les deux de l'autre côté. Il faut qu'à nous quatre, on balaie tout le paysage pour identifier les monuments qui peuvent être plus grands mais moins lourds que la tour. Rendez-vous ici dans deux minutes pour faire le point sur ce qu'on a trouvé.

Anna et Nathanaël s'exécutent. Le temps d'observation de Padmini, lui, est terminé. Dans l'œilleton, il n'y a plus que du noir. Elle glisse dans la fente une nouvelle pièce, celle qu'elle a proposée à Tom. Elle relève rapidement les bâtiments qui ressortent, sans conviction car le plus haut d'entre eux – la cathédrale Notre-Dame de Paris – est en pierres, donc extrêmement lourd, puis la collégienne poursuit son exploration

avec un but précis : repérer la rue du collège ainsi que son immeuble.

– Je l'ai ! ne peut-elle s'empêcher de s'exclamer lorsqu'elle aperçoit la tour de vingt étages aux balcons colorés dans laquelle elle habite.

– Tu es sûre ? demande Tom en arrivant à ce moment-là.

Les deux minutes se sont écoulées.

– Non, en fait je voulais juste dire que j'ai fini, se reprend Padmini.

Tom s'adresse d'abord à Nathanaël et Anna.

– Alors, vous avez quoi ?

– J'ai vu un grand bâtiment rond avec le logo d'une radio qu'écoute mon père, déclare Anna, et les arbres du bois de Boulogne.

– Ton bâtiment rond, il était haut ? questionne Tom.

– Assez, oui.

– Ça devait être la maison de la Radio. Mais on a déjà testé « radio », rappelle Nathanaël.

– Exact, confirme Tom. Et toi, qu'est-ce que tu as ?

– La grande arche de La Défense, l'arc de Triomphe et plein d'immeubles vraiment hauts, liste celui-ci. Il n'y a qu'« arche » qui correspond, et je l'ai déjà testé il y a cinq minutes.

– Donc on n'a rien pour l'instant… Padmini ? interroge enfin Tom.

– Le Sacré-Cœur, la pyramide du Louvre, le centre Pompidou, et au loin une grosse boule brillante… répond-elle.

– La Géode ! bondit Nathanaël. C'est la salle de cinéma panoramique de la cité des Sciences ! J'y suis allé pendant les vacances, c'était très bien.

– Combien de lettres à « géode » ? intervient Tom, pas tout à fait sûr de l'orthographe du mot.

– Cinq, affirme Nathanaël.

– Parfait ! Moi j'ai vu la tour Montparnasse, la cathédrale Notre-Dame de Paris et les tours de la Grande bibliothèque. Je garde « bibli ». Allez, vite, aux ascenseurs.

Les nouveaux mots trouvés vont-ils fonctionner ou les camarades devront-ils élargir leurs recherches ?

Pour le savoir, suis les instructions.

1. Sachant qu'un carreau mesure 1 cm de côté, détermine les aires des cinq monuments schématisés ci-dessous.
2. Additionne toutes les aires obtenues (en cas de nombres décimaux, ne prends en compte que la partie entière) et divise le total par 2.
3. Le résultat obtenu te donnera la place dans l'alphabet de la première lettre de la réponse…

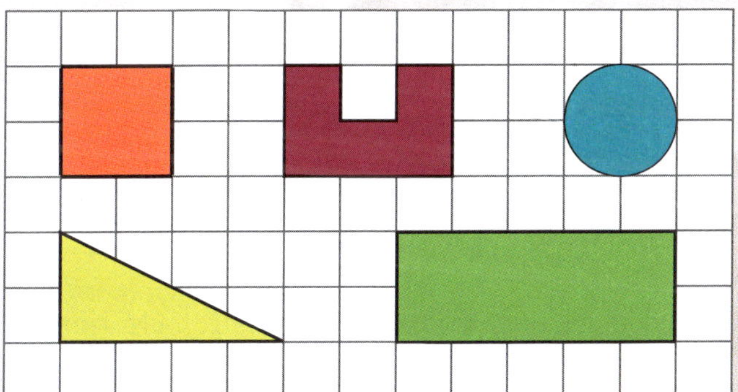

Si tu as trouvé V comme VILLE → Va au n° 2.
Si tu as trouvé P comme PAYS → Va au n° 9.
Si tu as trouvé M comme MONDE → Va au n° 4.

Relève le chiffre correspondant à la longueur d'une case sur le schéma.

Écris ta réponse : ☐ C'est ton QUATRIÈME INDICE.

N'oublie pas de le reporter page 93.

mémo 10

11

Tu t'es trompé(e) ! Vérifie tes associations et trace les traits qui correspondent. → Refais l'exercice du n° 1.

12

Tu t'es trompé(e). Encore un effort ! Relis les informations documentaires en début d'ouvrage.

→ Retourne ensuite à l'exercice du n° 7.

13

Arrivée devant les ascenseurs, Padmini énonce son mot à voix haute. Tous les visages s'éclairent. Chacun s'est rappelé l'énigme, et l'évidence leur saute aux yeux.

– J'essaie, décide Tom.

– C'est Padmini qui l'a trouvé, fait remarquer Nathanaël.

Et le visage de Padmini indique clairement que celle-ci n'a pas l'intention de céder sa place. Elle s'approche, tape les lettres OMBRE… Le mot clignote mais ne disparait pas. Un bruit métallique se fait entendre : les ascenseurs se remettent en mouvement ! Le mot les a débloqués !

– Nous sommes sauvés ! s'écrie Tom en sautant de joie.

Le cauchemar est terminé ! À moins d'une catastrophe dans les trois prochaines minutes, ils vont retrouver la terre ferme sans encombre. Ils aperçoivent la cabine qui progresse jusqu'à eux. Bientôt, elle se stabilise à leur niveau et les portes s'ouvrent. Les quatre camarades,

surexcités, grimpent à l'intérieur. Ils vont en avoir, des choses à raconter au reste de la classe, à présent que tout est fini !

Tom, Padmini, Nathanaël et Anna arrivent enfin au bas du monument.

Sur le trottoir devant la tour Eiffel, la panique a laissé place au calme. Le dernier véhicule des pompiers vient tout juste de quitter les lieux. Les visiteurs se rangent en nouvelles files, prêts à repartir à l'assaut de ce symbole qui domine Paris.

Tom rejoint son copain Gary.

– Génial, non, cet exercice de simulation ? l'accueille celui-ci.

– Quel exercice de simulation ? demande Tom. C'est pour ça qu'ils ont fait évacuer la tour ?

– Ben oui ! C'est ce qu'ils ont expliqué ! T'as les oreilles bouchées ou quoi ? À moins que tu ne débarques d'une faille temporelle ?

Tom est obligé de l'admettre : trop préoccupé par les évènements, son ami ne s'est pas aperçu de son absence. Ni de celle de ses trois camarades. Et visiblement, madame Lucas et les deux accompagnateurs non plus.

La professeure d'histoire prend justement la parole :

– Bon, à cause de cet imprévu, nous n'avons finalement pas le temps de remonter si nous voulons arriver à l'heure au collège. Mais ce n'est pas grave, nous avons bien vu la tour et nous poursuivrons notre exploration en classe lors des prochains cours. Tant pis pour le troisième étage, dont vous aurez moins profité que des autres.

Quatre rires étouffés se font entendre. Tom, Padmini, Nathanaël et Anna s'adressent des regards complices. Le troisième étage, ils le connaissent comme leur poche. Non, mieux encore !

L'exercice de simulation est terminé. L'activité de la tour reprend peu à peu… et les enfants repartent vers le collège, tous ravis de cette visite pleine de surprises. Quatre d'entre eux ont l'impression particulière d'avoir exploré la tour plus que les autres et d'avoir découvert ses secrets !

FIN

Bravo ! Puisque tu es allé(e) jusqu'au bout de cette aventure et de ses exercices, nous te proposons de nous envoyer, sur le site www.lenigme.com, la liste des indices que tu as notés page 93 et tu pourras télécharger des surprises. À bientôt pour une nouvelle aventure !

Mémo

Pour t'aider à faire tes exercices

Français

Maths

Histoire

Anglais

Sciences techno

1 Le présent de l'impératif

- Pour former le présent de l'impératif, il faut partir de la forme du présent de l'indicatif, les terminaisons sont les mêmes :

	1er groupe et *couvrir, cueillir, ouvrir, offrir, souffrir*	**2e groupe**	**3e groupe**
2e personne du singulier	-e	-is	-s
1re personne du pluriel	-ons	-issons	-ons
2e personne du pluriel	-ez	-issez	-ez

chanter → chante, chantons, chantez
finir → finis, finissons, finissez
prendre → prends, prenons, prenez

- Attention aux verbes irréguliers :
être → sois, soyons, soyez
aller → va, allons, allez
vouloir → veuille, veuillons, veuillez
avoir → aie, ayons, ayez
savoir → sache, sachons, sachez

2 Les préfixes

- Pour former un mot, on peut ajouter un préfixe (avant le radical) et/ou un suffixe (après le radical). *mobile → im-mobil-ité*
- Les préfixes modifient le sens d'un mot. Par exemple, les préfixes ***a-, il-, im-, in-, ir-, mal-*** servent à former le **contraire d'un mot**, ou son **antonyme**. *heureux ≠ malheureux*

3 Les niveaux de langue

Selon la situation dans laquelle on se trouve et la personne à qui l'on s'adresse, on n'utilise pas le même langage.

- Le **langage familier** est employé à l'oral, entre amis.
Une bouffe d'enfer.
- Le **langage courant** est le langage de tous les jours, employé à l'oral comme à l'écrit. *Un bon plat.*
- Le **langage soutenu** est surtout employé à l'écrit avec un vocabulaire recherché. *Un mets succulent.*

4 Les fractions

$\frac{1}{2}$: 1 est le numérateur (nombre de parts coloriées) ; 2 est le dénominateur (nombre total de parts)

$$\frac{1}{2} = \frac{2}{4} = \frac{4}{8}$$

5 Proportionnalité

On passe d'un ensemble de nombres à un autre ensemble en multipliant ou en divisant par un même nombre qu'on appelle le **coefficient de proportionnalité**.

Pour convertir des pesos en euros, on sait que 650 pesos valent 15 euros ; grâce au tableau, on sait que 1 euro vaut environ 43,33 pesos.

peso	650	43,33
euro	15	1

÷ ≈ 43,33

6 Vitesse moyenne

Pour calculer une vitesse moyenne, on utilise la formule $v = \frac{d}{t}$ ou $t = \frac{d}{v}$ (v = vitesse moyenne, d = distance, t = temps)

Si on se déplace à la vitesse moyenne de 300 km/h et qu'on parcourt 600 km, le temps mis sera : $t = \frac{d}{v} = \frac{600}{300} = 2$ *h.*

On peut exprimer une vitesse moyenne en m/s.
On peut s'aider d'un tableau de conversion :

km kilo- mètre	**hm** hecto- mètre	**dam** déca- mètre	**m** mètre	**dm** déci- mètre	**cm** centi- mètre	**mm** milli- mètre

7 Les durées

1 heure = 60 minutes

1 minute = 60 secondes

1 h 30 = 60 min + 30 min = 90 min

8 Droites parallèles, droites perpendiculaires

- Deux droites **perpendiculaires** sont **sécantes**, elles se coupent en formant un **angle droit**.
$(d) \perp (d')$

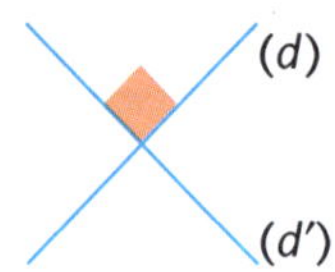

- Deux droites sont **parallèles** lorsqu'elles ne sont **pas sécantes**.
$(d) \,//\, (d')$

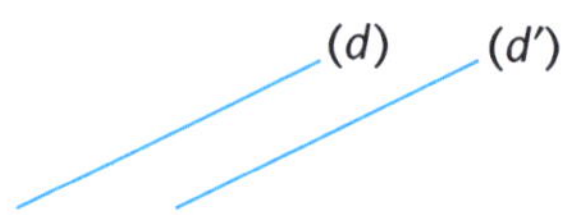

9 La symétrie

- Une figure symétrique est une figure construite de la même façon des deux côtés d'un axe de symétrie.

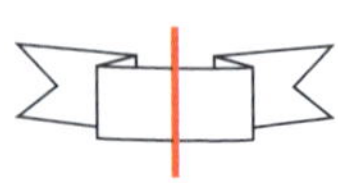

- Pour construire une figure symétrique, il faut d'abord placer les points de repère sur le quadrillage puis les relier.

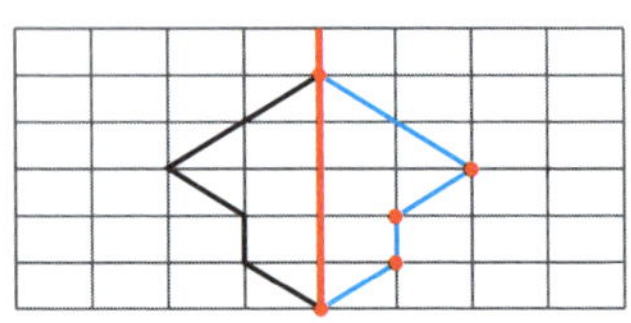

10 Calcul d'aire

L'aire est la surface d'une figure géométrique.

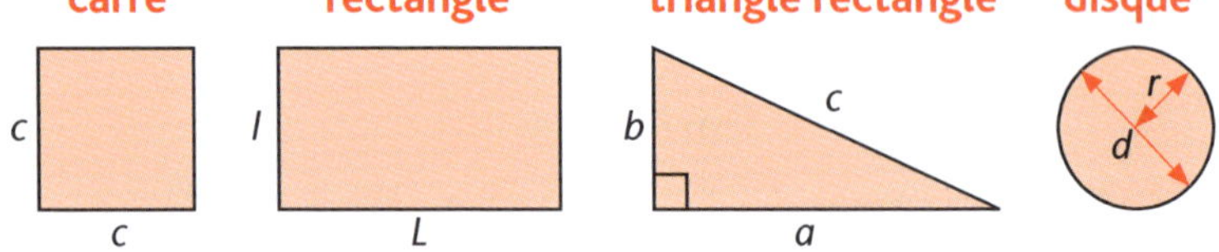

	carré	rectangle	triangle rectangle	disque
Aire :	$c \times c$	$L \times l$	$\frac{a \times b}{2}$	$\pi \times r \times r$ ($\pi \approx 3{,}14$)

11 Quelques repères chronologiques

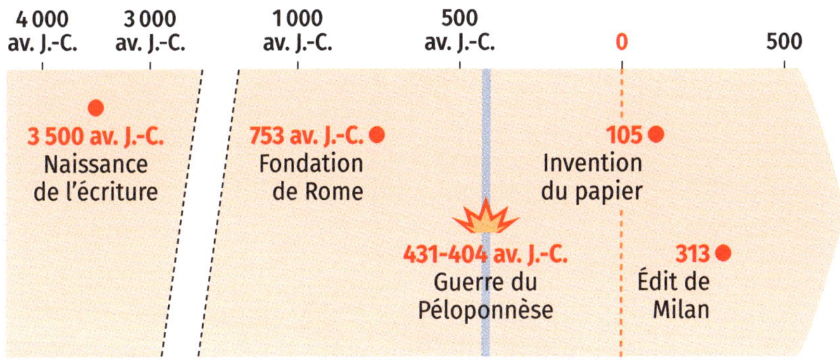

12 Pays et nationalités

En voyage, on peut être confronté à la nécessité d'exprimer en anglais son pays d'origine ou sa nationalité, ou de comprendre celui ou celle de la personne à qui l'on s'adresse.
Voici quelques exemples de pays/nationalité.

- Royaume-Uni → *United Kingdom*
- Grande-Bretagne → *Great Britain / British*
- Angleterre → *England / English*
- Écosse → *Scotland / Scottish*
- Irlande → *Ireland / Irish*
- Pays de Galles → *Wales / Welsh*
- Australie → *Australia / Australian*
- Canada → *Canada / Canadian*
- États-Unis → *The United States of America / American*
- Italie → *Italy / Italian*
- France → *France / French*

13 L'appareil digestif

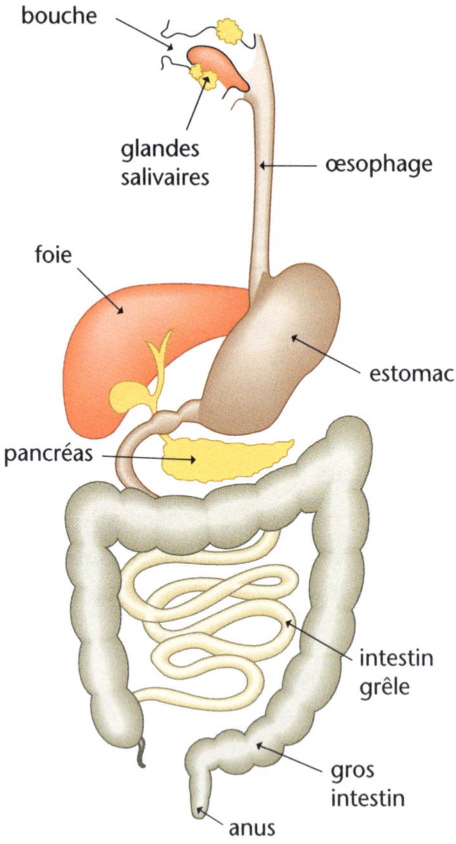

Page-indices

Au sommet de la tour Eiffel

de la 6e à la 5e

Note ci-dessous les indices que tu as trouvés
au cours de ta lecture.

Va vite te connecter sur le site
www.lenigme.com
pour nous envoyer tes indices,
et tu pourras télécharger plein de cadeaux !

INDICE 1 ....

INDICE 2 ....

INDICE 3 ....

INDICE 4 ....

Bravo ! *Tu as trouvé tous les indices !*

Une fois remis dans l'ordre, ces quatre chiffres formeront une date, celle d'une année importante dans l'histoire de la tour Eiffel.

☐ ☐ ☐ ☐

Indice : une Exposition universelle s'est tenue cette année-là.
Un doute ? Relis les infos documentaires pages 3 et 4, tu y trouveras de l'aide...

Table des matières

Crédits photographiques : p. 1 : SETE/Emeric Livinec ; p. 3 ht : Coll. Archives Nathan, p. 3 m : BIS/Ph. Ryman et Cabannes/© Archives Nathan/Sejer, p. 3 bas : BIS/Ph. Jeanbor © Archives Bordas ; p. 4 ht : BIS/Ph. Gnoutche, p. 4 bas : Coll. Archives Nathan ; p. 25 de haut en bas : Shutterstock/Anton_Ivanov, Shutterstock/Goldilock Project, Shutterstock/Izmael, Shutterstock/Chen-Yang Huang, Shutterstock/saiko3p, Shutterstock/Alexey Fedorenko, Shutterstock/Luxerendering ; p. 65 de gauche à droite : Shutterstock/photomaster, Shutterstock/djmilic, Shutterstock/Alexandra Lande.

Schéma p. 30 et 92 : Coredoc. **Frise** p. 91 : Renaud Scapin.

Achevé d'imprimé en Italie par BONA en Mars 2021

L'ÉNIGME DES VACANCES

JE LIS · JE JOUE · JE RÉVISE

Choisis ton univers !

historique · fantastique · POLICIER · AVENTURE · FRISSON · féerie

du CP au CE1

- Le voleur invisible
- Sophia, princesse de la mer 🎧
- Le mystère de la source 🎧
- Disparition au pays des poneys 🎧
- Panique chez les pandas

du CE1 au CE2

- La peur au bout de la laisse
- Mystère au cirque Alzared
- Attention ! Dauphins en danger
- Pas si désert que ça !
- Menace sur Madagascar
- Pirates en péril ! 🎧
- Enquête de terrain BD

du CE2 au CM1

- Le labyrinthe des dragons
- Les fantômes de Glamorgan
- La plage du Prince Blanc
- Le phare de la peur
- Montagne explosive !
- Menaces sur la finale de foot
- Planète dinosaures
- Le chevalier sans tête BD

du CM1 au CM2

- Le voleur de papyrus
- Le secret de la jungle
- Le sortilège des loups-garous
- Parfum de vacances
- La carrière interdite
- Mystère dans le bush australien
- Drôles d'époques ! 7 histoires
- Objectif planète verte BD

du CM2 à la 6e

- Le trésor des Templiers
- Panique à la Pop Academy
- La forêt de l'épouvante
- À la recherche de la cité perdue
- Eaux troubles à Venise
- Drôles de familles ! 7 histoires
- À bord du bateau pirate ESCAPE GAME

de la 6e à la 5e

- Le secret du Titanic
- Drôle de trafic
- Complot chez les cordons-bleus
- The Refuge in Danger (en anglais) 🎧
- Au sommet de la tour Eiffel ESCAPE GAME
- Dans les galeries du Louvre ESCAPE GAME

de la 5e à la 4e

- Operation Blue Lagoon (en anglais) 🎧
- Chute mortelle au Mont-Saint-Michel
- The Captain is Missing! (en anglais) 🎧
- Le souffle de l'ange
- Dans le château de Krennamzer ESCAPE GAME

de la 4e à la 3e

- Murder in West Park (en anglais) 🎧
- The Mark of the Vampire (en anglais) 🎧
- The Wizards' Night (en anglais) 🎧
- Dans les allées du cimetière ESCAPE GAME

🎧 Histoire à podcaster sur le site www.lenigme.com